LA MAISON D'EN FACE

NICOLETTA

LA MAISON D'EN FACE

Souvenirs

FLORENT MASSOT

Retrouvez toutes les infos sur Nicoletta :
www.nicoletta-music.fr

ISBN : 978-2-916-54614-8

Introduction

J'ai beaucoup hésité avant d'écrire ce livre. Cette longue attente s'explique. En quarante ans de carrière, je ne me suis jamais vraiment étendue sur les détails de ma vie privée, mon enfance, mon adolescence, ma vie de femme... Ceux qui me connaissent savent que je suis une taiseuse. Je déteste les gens impudiques et j'ai appris tout au long de ma vie à miser sur mes chansons et sur ma voix plutôt que sur des frasques de vedette qui défraye la chronique.

Tout est allé si vite... Les disques, les succès, les tournées se sont succédé. J'ai connu des joies intenses. J'ai rencontré et chanté parfois avec les plus grandes stars françaises et internationales. J'ai connu aussi des peines immenses.

J'ai traversé quelques périodes de grande détresse qu'aucun disque d'or ne peut consoler. Pourtant, je ne me suis jamais retrouvée face à un psychanalyste.

Étrangement, là encore, mon côté taiseux a repris le dessus. Je ne me voyais pas allongée à deux mètres d'un type acquiesçant à mes confidences. Surtout, j'étais convaincue que personne ne pourrait percevoir ou comprendre mon chagrin. Et puis, depuis toute petite, mon éducation m'avait portée vers le fameux « ne jamais expliquer, ne jamais se plaindre » qui me convenait parfaitement même si cela ne me rendait pas plus heureuse.

Durant de très longues années, je me suis murée dans le silence face à ce que j'avais enduré dans mon enfance. Je suis d'ailleurs certaine qu'en lisant ces lignes, la plupart d'entre vous êtes étonnés de découvrir que j'ai pu souffrir de quoi que ce soit. L'image publique qu'ont les gens de moi, je le sais, est une réputation de bonne humeur, de franchise, de joie de vivre. N'y voyez pas une quelconque vantardise : toutes ces qualités-là, je les entends dans la bouche des journalistes depuis mes débuts. Comment leur en vouloir de n'avoir perçu qu'un côté de ma personnalité ? L'autre face, je ne leur ai jamais montrée.

Ne pas expliquer donc, ne pas se plaindre – « Never explain, never complain. » Cette manière d'affronter l'existence m'a évité sans doute bien des tracas mais a aussi fait de moi une femme qui n'a pas l'habitude de raconter ses problèmes. C'est sans doute pour cette raison que, malgré toutes les amitiés que j'ai tissées, je me suis souvent retrouvée seule pour affronter les coups durs ou panser mes plaies.

Pour ceux qui ont bien voulu me donner le bonheur de m'accompagner durant tout ce temps, qui, année après année, m'ont témoigné affection et tendresse, pour ceux qui continuent à fredonner « Mamy Blue », « Il est mort le soleil » ou « Les Volets clos », j'ai accepté de raconter. De me raconter. Je n'ai pas l'habitude de regretter mes actions. Si ce doit être le cas un jour, au moins serai-je en paix avec la mémoire de deux êtres que j'ai aimés au-delà de tout.

1

L'un de mes amis, qui me connaît depuis toujours – ne cherchez pas, son nom ne vous dira pas grand-chose –, ne savait rien ni de mon enfance ni de ma jeunesse. Il a été stupéfait par mes confidences et m'a conseillé de me plonger dans les livres de Boris Cyrulnik. À son avis, je suis un cas parfait de résilience : j'ai apprivoisé mes douleurs et j'ai triomphé de mes peines. Le même ami m'a expliqué que la grande citation qu'on entend sans cesse est l'œuvre du philosophe Nietzsche : « Ce qui ne détruit pas rend plus fort. » Cette phrase a beau être galvaudée, chaque fois que je l'entends ou la prononce, je ne peux m'empêcher de penser qu'elle correspond totalement à la vie que j'ai eue. Ce que je vais vous raconter maintenant, c'est la vérité. Ma vérité.

Je suis née le 11 avril 1944 à Thonon et ma famille habite un petit hameau à la sortie de la ville : Vongy. Je me nomme alors Nicole Grisoni mais j'aurais dû m'appeler Nicole Adobati. Pourquoi Adobati ? Parce que c'est le nom de mon père. Sauf qu'il est parti avant que j'arrive. Je m'explique : il habitait en face de notre maison qui appartenait à Claudia, ma grand-mère maternelle. Une amie de Mémé, Fernande Adobati, était une femme charmante. Surtout avec moi. Elle me confectionnait des petites robes. Lorsque je la rencontrais dans le village, elle était toujours pleine d'attentions à mon égard. Un jour, j'ai compris pourquoi.

Se taire est un métier

De ma naissance à mon huitième anniversaire, je n'ai rien su. Je n'avais pas de papa. Un point c'est tout. Quand mes copines me posaient des questions à l'école, je ne faisais que répéter ce qu'on me serinait depuis toujours à longueur d'année : « Mon père, il est parti à la guerre et il n'est jamais revenu ! » Et mes copines d'insister : « Mais il est mort à la guerre ? » Je répondais inlassablement : « Ah non ! Mais il n'est pas revenu… » Tu parles d'un mystère. En fait, tous mes proches, et sans doute la plupart des deux cents habitants du village, connaissaient la vérité depuis longtemps. Oui, mais voilà, à cette époque, dans ce coin de France rugueux à deux pas de la Suisse, on se tait. Avouez que dans bien des endroits de notre beau pays, c'est ainsi. Mais en Haute-Savoie, se taire est un métier. Attention : n'y voyez pas un manque de courage – cette chape de plomb que j'ai bien connue n'est évidemment pas une forme d'hypocrisie – mais plutôt une habitude qu'ont adoptée les gens d'ici à travers les siècles.

En fait, si à Vongy personne n'ignore rien de mes origines, c'est parce que ma mère Jeanne, ma gentille petite maman, a une particularité terrible : elle est, quand on le dit avec précaution, attardée mentale. Mais si on veut être plus brutal, plus « scientifiquement » brutal, on vous dira qu'elle est atteinte de débilité profonde. J'ai toujours pensé que son visage était d'une grande innocence, que, dans ses yeux, il y avait tout l'amour du monde. Cet amour, elle l'a donné un jour à un petit monsieur. Grâce à cela, je suis née. Mais à quel prix ?

Bien plus tard, j'ai repensé au jour de ma naissance : un 11 avril. Je n'ai pas eu de mal à imaginer que mes parents avaient dû souvent se côtoyer au village. Ils étaient voisins. Ce dont je suis aussi à peu près certaine, c'est que si ma naissance n'est pas due à un « accident », en revanche, elle est le fruit d'un moment précis où mon père – mais je ferais mieux de l'appeler « mon géniteur » – a peut-être profité de la candeur de Maman. Sa déficience mentale faisait d'elle un être sans défense, l'innocence même. Quand on dit de quelqu'un qu'il ne ferait pas de mal à une mouche ou qu'on lui donnerait le bon Dieu sans confession, jamais deux expressions ne m'ont semblé aussi appropriées pour parler de Maman. Mais je vous reparlerai d'elle…

Une âme d'enfant abusée

Selon ma grand-mère, j'ai été enfantée un 14 juillet. Mon géniteur a-t-il abusé de Maman ? Je me refuse à le penser aujourd'hui. Il avait dix-neuf ans et ma mère vingt ans. Ce que je sais, c'est qu'il n'a jamais aimé ma mère. Ont-ils même fait plusieurs fois l'amour ? Mon intuition me porte à croire que non. Je suis convaincue désormais qu'André, puisqu'il faut bien donner son prénom, a abusé non de Maman mais de son âme d'enfant.

J'ai donc huit ans. Je suis à la boulangerie de Vongy chez ma marraine – qui me garde pendant que Mémé est à l'usine – et le village entier y passe à un moment ou à un autre dans la journée. Normal. Vous vous doutez bien qu'en 1952, Vongy n'abritait pas quarante pâtisseries ! Soudain, j'aperçois un grand monsieur dans l'encadrement de la porte. Un monsieur qu'il ne me semble pas avoir déjà remarqué. Je m'en souviendrais. Je suis une gamine mais je le trouve immédiatement très beau. Il s'éloigne à toute vitesse. Quelques instants plus tard, une dame entre dans la boutique, Fernande

Adobati, ma grand-mère paternelle si affectueuse mais à laquelle je ne m'étais jamais adressée comme s'il s'agissait de ma seconde mémé. Elle demande à ma marraine : « Il est où mon fils ? Il est où André ? J'ai besoin de lui dire deux mots… » Borborygmes gênés de la boulangère. « Il n'est pas là… Il vient de partir… »

Dans ma tête de gamine, l'image entraperçue du monsieur fait son chemin. Je veux en savoir plus : « Marraine ? C'est qui ce monsieur qui est vite sorti dans la rue ? C'est qui ? — Ah, tu veux savoir qui c'est… Tu veux vraiment savoir qui c'est… Je vais te le dire, moi, qui c'est… Ce monsieur, c'est ton père ! » Elle n'ajoute pas un mot. En quelques secondes, je viens de vieillir de dix ans.

En repensant à ce moment, j'ai compris bien des années plus tard que la mère de mon père avait honte d'être réduite au silence devant moi. Vous l'imaginez en train de me dire : « Tu vois, ma petite Nicole, ce monsieur que tu n'as pas vu souvent, eh bien, tu ne connais pas la meilleure ? Ce monsieur, c'est mon fils, d'accord. Mais c'est aussi ton papa ! Tu sais, ce papa dont tu dis à toutes tes copines d'école qu'il est parti à la guerre et qu'il n'est jamais revenu… » Étrangement, ces mots que ma grand-mère paternelle n'a pas prononcés, je vais les entendre le lendemain dans la bouche d'une autre. Et, à partir de cet instant-là, ma vie ne sera plus jamais comme avant.

Un père tombé du ciel

Pendant huit longues années, mon père n'a été qu'un mirage, un fantôme, un vague espoir. Mais, franchement, je croyais beaucoup plus au prince charmant dans les histoires que me racontait Mémé qu'à ce père hypothétique dont je pensais que je ne verrais jamais la face. Et là, immédiatement – je m'en souviendrai jusqu'à ma dernière seconde –, j'ai respiré très fort. Ma marraine ne s'en rendait pas compte mais j'étais heureuse. Je venais comme Christophe Colomb de poser le pied sur un nouveau continent. Ce père enfin tombé du ciel, pour parodier une chanson d'un confrère, c'était mon Amérique à moi. Mais les plus beaux rêves sont parfois de courte durée et peuvent se transformer en cauchemars…

Le lendemain, ma grand-mère m'envoie comme chaque matin chercher le lait à la laiterie et le journal du coin au café. J'ai huit ans et je viens de connaître une nuit d'insomnie. Pas une nuit soucieuse. Pas une nuit d'angoisse. Non, bien au contraire, j'ai rêvé dans le noir les yeux grands ouverts à ce Monsieur André dont je ne connais pas encore le prénom. J'ai eu l'impression qu'il était très grand – si un gendarme m'avait demandé sa taille, j'aurais dit trois mètres ! – et surtout très beau. Cette nuit-là, tous les acteurs que j'avais vaguement vus en photo dans le journal de Mémé pouvaient aller se rhabiller. Aucun n'égalait ce monsieur magnifique que j'avais dévisagé trois secondes et qui allait maintenant devenir mon Monsieur Papa. Je pensais déjà à la tête de mes amies à l'école et surtout à celle de ces idiotes dont le passe-temps favori était de me torturer sur l'identité de mon père. Comme si, avec ma pauvre mère, je n'avais pas suffisamment de peine. Ce n'était pas très joli de leur part, mais il est difficile de jeter la pierre à des enfants qui n'ont pas même neuf ans. À la fin de cette nuit-là, j'étais peut-être épuisée mais rien n'aurait pu entamer mon espérance. Désormais, j'avais un chêne à mes côtés…

Le lendemain de cette grande révélation, après être allée chercher le lait comme souvent dès l'aube, je vais, l'esprit léger, acheter le journal de Grand-Mère. Pour parvenir au café-tabac, il faut remonter la rue principale. Soudain mon cœur se met à battre beaucoup plus vite. Un jeune monsieur est en train de descendre. Il sifflote. Il ne fait pas vraiment attention à moi alors que je le fixe intensément. Cette silhouette que j'avais aperçue l'avant-veille en contre-jour va me frôler. Et ce frôlement, je l'attends, je l'espère depuis huit ans. Instinctivement, sans aucune espièglerie, avec le plus grand naturel, je lui lance : « Bonjour Papa ! » Toute ma vie, je me souviendrai de son air interdit, de ses yeux gagnés par une espèce de panique. Ne sort alors de sa bouche qu'un misérable « Eh merde ! ». Vous avez bien lu. À une jolie exclamation d'enfant qui parle pour la première fois à son père, un type n'a que ce vocabulaire scatologique pour répondre à sa propre fille. Et, à cette vulgarité crasse, je ne peux répondre cinquante ans plus tard que par la même grossièreté : « Quel con ! », ai-je pensé par la suite lorsque j'ai grandi.

Quand vous êtes ainsi abandonnée par votre père dès la procréation sinon dès la naissance, la seule façon de réagir c'est de lui rendre la monnaie de sa pièce. Ma vengeance à moi a été de le gommer dès cet instant maudit. Et ma conviction qu'il n'a pas une seconde été amoureux de ma pauvre mère m'a aidée à l'exécuter, à l'effacer, peut-être pas de ma mémoire mais de mon présent. Et surtout de mon avenir. La phrase intérieure que je m'étais fabriquée et que je me répétais sans cesse lorsqu'il m'arrivait de songer à ce fantôme, c'était : « Je ne t'intéresse pas ? Alors tu n'existes pas ! » Point final.

Les rares fois où la conversation s'arrêtait sur son prénom ou sur son souvenir, soit je montrais mon désintérêt, soit je faisais en sorte de changer radicalement de sujet. Bien des années plus tard – j'étais ce qu'on appelle « une chanteuse en vogue » –, on est venu sonner à ma porte. C'était un de ces types qui n'ont de journaliste que le nom. Il travaillait dans un hebdo à scandales. Ce genre de canards nauséabonds avec lesquels je n'ai jamais aimé pactiser. « Bonjour Nicoletta ! On ne va pas vous déranger longtemps mais voilà... On a retrouvé votre père... Est-ce que ça vous intéresserait de le rencontrer ? » Mon sang n'a fait qu'un tour. Je ne me suis pas reconnue. J'ai hurlé sans même réfléchir : « Vous dégagez ! Et ne revenez plus... Autrement je peux vous jurer que vous aurez à faire à moi... » Cette réaction instinctive, viscérale, est la démonstration que cette blessure n'est pas près de se refermer.

Durant toute mon adolescence, j'en apprenais de nouvelles sur son compte. J'ai su qu'il avait eu par la suite quatre enfants à différentes époques. Savez-vous la détresse qui s'est emparée de moi le jour où quelqu'un m'a montré une photo encadrée dans le salon de Fernande Adobati, ma seconde grand-mère ? La petite fille qui sourit sur le cliché est plutôt mignonne. En une seconde, j'apprends que c'est ma demi-sœur et qu'elle a près de trois ans. Faut-il pleurer ? Faut-il en rire ? Je n'ai fait ni l'un ni l'autre. J'ai simplement poursuivi mon chemin.

Pas de seconde chance

Comment aurais-je pu aimer ce père à distance ? Ce père, tu ne peux pas l'aimer. Tu n'as pas envie de le rencontrer. Pour rien au monde, lorsque d'année en année, tu saisis les conditions dans lesquelles tu es née, tu ne voudrais pas que ce type – je dis bien ce type – te serre dans ses bras et te câline. J'ai peut-être beau jeu de dire que cela ne m'a pas manqué. Mais sa lâcheté, son immense lâcheté, m'a durcie. Mon cœur ne s'est pas fermé pour les autres, loin de là. Mais tout de suite, j'ai compris qu'il n'y aurait pas de seconde chance. Et que si je devais avoir d'autres pères un jour, ils n'existeraient que par les liens du cœur, de l'amour. Pour ce qui est des liens du sang, il me semble qu'ils étaient bien rompus pour ne pas dire déchiquetés.

Vous me trouvez dure ? Sans pitié ? Vous faites fausse route. Cette intransigeance est à la mesure de cette enfance où je n'ai pas pu prononcer le mot « papa ». Une enfance où tes copines qui te ressemblent comme deux gouttes d'eau parlent avec la plus grande normalité de leur papa par-ci, de leur papa par-là. Et que toi, ce mot, tu sais l'écrire mais tu ne l'écris pas. Tu sais le dire mais tu ne le dis pas. Je sais simplement que je suis la fille d'un joli cœur, d'un bohème qui a abusé de ma mère, une attardée mentale, entre deux valses d'un bal du 14 Juillet. J'ai vécu soixante-trois ans avec cette certitude. Je mourrai avec cette certitude.

Je voudrais vous livrer un détail au sujet de ce semblant de père qui est crucial, à mon sens : tous les membres de sa famille étaient des tailleurs de pierre. Ils vivaient très bien, merci pour eux. Savez-vous que ma mère, ma grand-mère, mon grand-père et tous mes oncles maternels sont enterrés dans le caveau familial façonné par les Adobati ? Lorsque je vous dis que je ne me suis jamais retrouvée face à un psy, quelquefois je me dis aussi que je ferais mieux de ne pas trop m'en vanter.

Car je sens bien, à l'heure où je tente de puiser dans mes souvenirs, que la maison qui faisait face à celle de ma mère et de ma grand-mère est au centre de tout ce que je recèle de plus intime.

La maison d'en face

Cette maison d'en face, cette maison qui appartenait à mon autre famille de sang, cette maison qui a vu naître André, mon père, c'est la maison de tout ce qui m'a toujours été refusé. Cette maison d'en face dans laquelle j'allais chercher parfois la tendresse de mon autre grand-mère, c'est la maison de mon père. Je sais que tous ceux qui ont été privés de leur père ou de leur mère dès la naissance ou dès le plus jeune âge partageront ce sentiment avec moi. J'aurais tant voulu que la maison d'en face m'ouvre ses portes sans que le hasard ait eu besoin de les forcer…

2

Maintenant, je vais vous parler de ma mère. Ma petite maman. L'absence de mon père a été pour moi – vous l'aurez compris – un immense chagrin. Mais d'année en année, je m'en suis accommodée. Je me suis, comme on dit, arrangée avec la réalité. Mais lorsque ma mère est morte, ce que j'ai ressenti est intraduisible avec des mots. Je vous raconterai plus tard pourquoi j'ai eu l'impression que je l'avais abandonnée. Mais, en fait, à l'annonce de sa mort, j'ai surtout pensé que durant toute son existence qui fut très courte – quarante ans –, c'est la vie qui l'a, elle, abandonnée. Et ce, dès la naissance. Comme je vous l'ai dit auparavant, ma mère était incapable à proprement parler de travailler. On l'occupait chaque année aux vendanges et elle faisait comme elle pouvait le ménage à la maison et aussi celui des vieilles grenouilles de bénitier de Vongy. Dans le village, tous les lundis matin, on pouvait voir ma petite mère avec les voisines frotter les draps dans l'eau froide du lavoir. Quand j'écris « eau froide », il faut savoir que c'est l'eau des glaciers des montagnes…

Jeanne, ma mère, tout le monde l'adorait à Vongy. Mais, de temps à autre, cela n'empêchait pas certains de se comporter comme des malfaisants. Parfois, ils ne le faisaient même pas exprès. Lorsque j'avais un peu plus de cinq ans, j'ai compris pour la première fois que ma mère n'était pas comme les autres. C'était le jour de la rentrée. Maman est venue me chercher à la sortie et là j'ai remarqué que les autres mères ne s'adressaient pas à la mienne comme elles le faisaient entre elles. Elles adoptaient un ton différent, presque condescendant, du style : « Alors ma petite Jeanne, tu dois être heureuse, hein, ça te fait plaisir d'emmener ta fille à l'école ? Ma Jeannette, elle est bien mignonne ta Nicole… » Elles lui parlaient comme à une enfant. Et ça, une gamine de cinq, six ans le ressent très fort parce qu'elle ne voit pas très bien pourquoi toutes ces grandes dames parlent à ta maman comme si elles s'adressaient à toi…

Ta mère est folle

Une autre fois – j'étais beaucoup plus grande –, en classe de CM2, j'ai dû me battre comme une chiffonnière avec des garçons qui embêtaient Maman à la sortie. Ils lui criaient : « Dis-nous Jeanne, c'est qui ton bon ami maintenant ? Allez, dis-nous Jeanne, avec qui tu te roules dans le foin, hein, dis-nous ? » C'était proprement dégueulasse mais ça venait de petits ados qui n'avaient même pas encore d'acné sur le visage. J'ai vécu d'autres moments encore plus violents lorsque les mêmes gamins s'amusaient à chantonner sans s'arrêter durant toute la récréation des paroles qui se résumaient ainsi : « On ne joue pas avec toi, ta mère est folle ! Ta mère est folle ! » Je n'avais comme seul recours pour les faire taire que de leur tirer les cheveux, mais je suis plus souvent revenue le soir à la maison avec de beaux bleus.

Quand j'ai eu quatorze ans, je me souviens que, peu à peu, j'ai commencé à devenir la mère de ma mère. Réellement, j'étais comme sa grande sœur. Il m'arrivait de lui courir après au petit matin dans les ruelles de Vongy. La pauvre partait souvent habillée en tenue d'été en plein hiver. Je l'ai vue un jour sortir en janvier sans même un gilet alors que le baromètre affichait - 2° ! Mais je l'aimais tellement. J'aimais la douceur de ses yeux, la douceur de ses gestes... Pourtant, il fallait la suivre. On finissait par s'habituer à ses divagations. La plupart du temps, elle parlait toute seule...

Cela peut sembler anodin à celui qui n'a pas vécu ces moments-là. Petite, on ne s'aperçoit de rien. Mais au fur et à mesure que l'on avance en âge, on se rend bien compte que tout cela est anormal. Cette maman qui parle toute seule mais surtout que l'on ne comprend pas. Une mère qui dit des choses informes, des phrases qui n'ont ni queue ni tête. Des bouts de phrases plutôt.

Peut-être dénués de violence, de gros mots mais qui finissent par faire peur. Non pas que ma mère ait provoqué en moi une seule seconde un sentiment de danger, ou pire encore : d'effroi. Non, ma mère – je l'ai écrit plus haut – était inoffensive. Mais son état ne présageait rien de bon ni de très rassurant pour mon avenir de jeune fille.

Ce qui était nettement plus troublant et souvent angoissant, c'est quand elle se mettait à parler à tue-tête en pleine nuit, qu'il fallait la calmer, la réveiller et l'apaiser. Nous étions sept dans cette maison lorsque j'étais toute petite. Ma grand-mère, mon grand-père, mon oncle de douze ans mon aîné, Joseph, ma tante Antoinette, quatre ans de plus que moi, et ma sœur Henriette, de deux ans ma cadette et qui va connaître un destin rigoureusement identique au mien puisqu'elle naîtra elle aussi sans connaître son père. À ma différence, elle ne le rencontrera jamais durant toute sa vie.

Jeanne ne sait pas ce qu'elle fait

Mais la naissance d'Henriette provoqua chez ma grand-mère un désarroi compréhensible. Mémé était une femme d'une générosité exceptionnelle. La venue au monde de ce nouveau-né était bien entendu une joie. Et elle fut la première à s'en réjouir. Pourtant, quelques semaines après la naissance de ma demi-sœur, elle se rendit à la mairie de Thonon. Mémé était très respectée à Vongy. Le maire la reçut et l'écouta avec attention. Ma grand-mère n'y alla pas par quatre chemins : « Si ça continue comme ça, tout le village va finir par engrosser ma fille. Je vous en supplie. On doit agir. Ma petite Jeanne ne sait pas ce qu'elle fait… » Il ne faut pas oublier qu'à cette époque, la pilule n'existait pas. Et vous pensez bien que Maman ne sait même pas ce qu'est un préservatif. Quant à ses galants éventuels, comme l'a été André, vous n'imaginez tout de même pas qu'avec quelqu'un comme Maman, ce genre de types auraient pris la moindre précaution. Il n'y a donc pas trente-six solutions et le maire de Thonon ne se fit pas trop prier pour donner son autorisation : ma grand-mère obtint la ligature des trompes de maman. Ce fut un mal nécessaire pour protéger ma grand-mère de bien des vicissitudes familiales. Je n'ai jamais perdu ma foi, mais sans idéaliser l'image que j'ai de Maman, je préfère penser que c'était une sorte de petite sainte. Elle a eu des moments de joie car elle a toujours vécu dans l'amour de ses proches, mais elle a beaucoup trop souffert. La vie l'a particulièrement éprouvée et la chrétienne que je suis tente depuis quarante ans de se consoler en se disant que ma petite Jeanne a gagné son coin de paradis.

3

Mon grand-père était un sacré zigoto. César Grisoni aimait la vie, la fête, les copains, et il n'était pas le dernier à lever le coude au bistrot. Son plus grand plaisir ? Taper la belote jusqu'à sept heures du soir au café. Il buvait plus que de raison, quittait le café en titubant. Quand il avait la « charmante » – une expression pudique pour dire qu'il était totalement allumé ! –, il était vraiment très drôle. Même complètement saoul, il était incapable de violence.

Lorsqu'il rentrait en fin de journée après ses libations, j'étais souvent là seule dans la cuisine à attendre le retour de l'usine de ma grand-mère. Quand elle rentrait, le rituel était identique. Elle le regardait droit dans les yeux et lui lançait sur un ton énergique : « Bon, César, maintenant tu prends ta soupe et tu vas te coucher ! » Le problème, c'est qu'il ne biberonnait pas seulement l'après-midi. Pépé ressortait parfois le soir. Sur le coup de minuit, lorsqu'il rentrait, je peux vous dire que les deux cents habitants de Vongy étaient aux premières loges. C'est le cas de le dire : Pépé arpentait l'artère principale du village en chantant de toutes ses forces « Le temps des cerises » ou des chansons qu'il avait apprises au front, parce qu'il avait fait « 14-18 ». La Grande Guerre, lui, il continuait à la pratiquer contre les oreilles de nos voisins. Les uns l'encourageaient en se moquant, les autres lui hurlaient de se taire. Si vous voulez un aperçu exact de l'ambiance qui régnait certaines nuits à Vongy grâce à Pépé, revoyez *Un singe en hiver* lorsque Gabin et Belmondo entonnent leurs chants après avoir bu plus que de raison au café du village. Gabin ivre qui pousse la chansonnette en se souvenant de son Indochine, c'est rigoureusement Pépé César autour de minuit à Vongy. Un soir même, je l'ai vu traverser toute la rue principale avec un mannequin qu'il avait récupéré à la déchetterie. Un mannequin dépourvu de tout vêtement qu'il arborait fièrement face aux villageois médusés qu'il avait tirés d'un profond sommeil : « Alors, elle est belle ou elle est pas belle ma fiancée ? ! » criait-il en les défiant du regard. Et il repartait dans ses airs d'opéra. On aurait pu le baptiser « le Barbier de Vongy ». Je me demande aujourd'hui si cette folie musicale n'a pas nourri ma vocation…

Toutes des feignantes

Je garde aussi de César un ou deux autres souvenirs magnifiques qui me mettent du baume au cœur les jours où j'ai le moral en berne. Je me souviens précisément de ces après-midi où je m'appliquais à réviser mes leçons dans la cuisine. Ma grand-mère était au travail. Il m'observait en train de faire mes devoirs, la casquette de travers et le menton appuyé sur sa main. Une autre scène de film. Il avait l'œil mauvais mais ce n'était qu'une apparence. En fait, il était perdu dans ses pensées et se demandait à quelle heure il allait pouvoir retrouver ses potes. Oui, mais voilà, Mémé, qui n'était pas tout à fait d'accord avec l'existence de bâton de chaise de César, lui avait coupé les vivres. Alors Pépé rongeait son frein. J'avais treize ans. J'essayais tant bien que mal de me concentrer sur mes leçons. Et voilà le César qui commençait à me dire : « Feignante… De toute façon, vous êtes toutes des feignantes… Ça fait semblant de travailler… Feignante, va… »

Je ne voulais pas lui montrer mais, intérieurement, j'étais morte de rire. Bien sûr, c'était le Savoyard macho qui parlait, immigré italien de la troisième génération, mais ne vous méprenez pas : il n'y avait pas une once de méchanceté dans ce qu'il racontait. Comme un chien savant, Pépé attendait son sucre. Je m'explique : dans un mouchoir, je thésaurisais quelques pièces d'un franc. Une fortune ! Il m'arrivait de ne pas aller à la cantine des semaines entières et de garder l'argent pour ma séance de cinéma ou pour me payer des friandises. À la guerre comme à la guerre ! Et puis je nettoyais les affaires de foot de mon oncle Joseph. Une thune donnée par mon oncle me faisait huit jours. Bref, quand Pépé avait terminé son cinéma et qu'il commençait légèrement à m'agacer, je fouillais dans mes poches, en tirais le mouchoir, l'ouvrais et je déposais, telle une princesse dans la paume d'un manant, une jolie piécette : « Tiens Pépé, maintenant tu peux aller boire ton coup ! » Quand je revois ses yeux malicieux emplis de gratitude, je serais prête encore à laver toutes les chaussures à crampons de la planète pour revivre ces instants avec lui.

La charmante et les moineaux

Ceci dit, César escagassait parfois toute la maisonnée. Une nuit – il devait être trois heures du matin –, ce diable de Pépé était entré comme un ouragan dans la chambre. Il ne lui manquait qu'une trompette. Les yeux exorbités, il tenait dans ses mains des liasses – le montant de sa pension. Il ne travaillait plus à cause d'un paludisme attrapé en Syrie pendant la guerre de 14-18 et d'une pleurésie. Il jetait l'argent sur nos lits : « Allez les filles, tout le monde debout ! Allez vous acheter des robes ! C'est Pépé qui finance ! Je ne vous méprise pas, je vous aime ! Allez, les gamines, on se lève ! Il est déjà tard ! » Mémé, qui était à l'étage en dessous, était montée comme une furie : « César, sors de cette chambre ! Va te coucher ! Sais-tu quelle heure il est, il y a école demain, laisse-les tranquilles ! » Malheureusement, César avait continué à faire son fanfaron : « Mais les magasins vont fermer… » Il était totalement cuit. Il n'avait plus seulement la « charmante », il avait – comme on dit au pays – « les moineaux ». Un soir, à table, alors qu'elle servait la soupe, Mémé a perdu patience et la louche s'est abattue lourdement sur son front. À moitié assommé, César est monté dans sa chambre y cuver son vin en quatrième vitesse. Le lendemain, avec les copains, il avait eu bien du mal à justifier son œil au beurre noir en prétextant une chute dans l'escalier…

Peut-être certains d'entre vous jugeront-ils que je me montre bien complaisante avec cette maladie nationale qu'est l'alcoolisme. Mais désolée : je donne à César toutes les circonstances atténuantes. Vous ne savez pas tout. En dehors du métier très éprouvant qu'il a accompli sa vie entière – croyez-moi, faire des maisons et tailler la pierre de Haute-Savoie n'est pas une occupation de tout repos –, il a dû affronter un grand nombre d'épreuves dans son existence. Sa femme, ma grand-mère aussi bien sûr, mais que voulez-vous, ils n'étaient pas faits du même bois. Une fille, ma mère, handicapée mentale. Deux petites-filles, ma sœur et moi, nées sans père. Et surtout deux fils, mes oncles, qui mouront dans des circonstances dramatiques à quinze jours d'intervalle. César ne s'en remettra jamais. Il va au premier sens du terme noyer son chagrin dans l'alcool. En 1965, il a été foudroyé par une crise cardiaque. Cette année-là, j'ai perdu mon grand-père et aussi un vrai grand-papa.

Django sous les pommiers

Alors que je nais en avril 44, deux de mes oncles sont en pleine activité FFI, les Forces Françaises de l'Intérieur, qui résistent à l'occupant nazi. À la maison, nous sommes donc sept. Mon grand-père a quarante-cinq ans, ma grand-mère, trente-neuf ans, ma mère, l'aînée des quatre enfants, vingt ans, ma tante, quatre ans, mon plus jeune oncle, douze ans. Edmond, dix-neuf ans, et Henri, dix-sept ans, vont mourir durant l'été. Edmond est touché par un éclat d'obus dans le Vercors, le 12 août 1944. Henri est tué par balle avec son amie Marie Reinhardt, la nièce du grand guitariste Django Reinhardt, que ma grand-mère hébergeait avec toute sa tribu sous ses pommiers. Marie et Henri ont eu le malheur de se retrouver aux prises avec un milicien. Si vous allez sur la place de Crête de Thonon-les-Bains, vous y verrez une plaque où sont apposés leurs noms. Ce drame va définitivement faire basculer ma petite famille dans le malheur. Mais le mauvais œil ne pourra prolonger ce destin funeste. Car le ciel a donné à notre famille un être d'exception : Claudia, ma grand-mère.

4

Avec mon instinct de petite fille, j'ai aimé ma mère de toutes mes forces. Lorsqu'elle est morte, j'ai voulu mourir. Mais j'ai compris, dès mon plus jeune âge, que ma grand-mère allait jouer une place prépondérante dans ma vie. Beaucoup d'enfants considèrent un peu leurs grands-parents comme leurs parents. Mais dans mon cas, Claudia est dès le début devenue une vraie maman. De la tendresse, j'en obtenais bien sûr de Jeanne, ma vraie mère, mais toute mon organisation mentale était gérée par Mémé. Tout mon rapport au réel était administré par cette intendante en chef dont je n'ai pas peur de dire aujourd'hui qu'elle était non seulement une sorte de superwoman mais aussi une femme dont je compare souvent le courage à celui de la grande résistante Lucie Aubrac.

Car voici une femme dont l'une des filles naît handicapée puis tombe enceinte d'un gars du village qui n'assume rien ; dont le mari – certes gentil comme un cœur – picole à toutes les heures du jour et de la nuit ; qui voit partir deux de ses fils dans le maquis et n'aura ensuite comme seule consolation que de les enterrer en héros ; qui se lève tous les matins bien avant l'aube et, sans une plainte, file hiver comme été à l'usine pour nourrir sa famille. Si cela n'est pas de l'héroïsme, ça y ressemble un peu, non ?

J'ai confiance en Nicole

Ma grand-mère m'a constamment témoigné une attention sans faille. Ne pas croire pour autant qu'elle fermait les yeux sur tout. Elle parlait très peu mais lorsque j'ai commencé à devenir vraiment turbulente à l'école, elle répétait sans cesse à ses amies du village et à mon autre grand-mère Fernande : « Nicole ? J'ai confiance en elle… » Et cette confiance, je la lui rendais bien.

Nous étions complices. Elle savait que, depuis toute petite, il m'était arrivé de souffrir en silence. Ne vivait-elle pas, elle aussi, depuis toujours cette souffrance ? Aussi en femme mature qu'elle était, elle a régulièrement précédé mes fautes ou mes erreurs. Et a toujours été à mes côtés. À l'instant, je me souviens de la première fois où je l'ai purement et simplement volée. Ce matin-là, j'étais déjà Cosette et je me suis transformée en Jean Valjean. Je n'avais pas un sou et je voyais la plupart de mes copines s'acheter les derniers articles de mode en vogue à Paris. Moi, mes ambitions étaient nettement plus modestes : je voulais juste m'acheter un soutien-gorge. J'avais quatorze ans et ma grand-mère refusait de m'en acheter un. Avant qu'elle ne parte à l'usine, avec des airs de conspiratrice, je me suis approchée de son sac et en quelques secondes lui ai dérobé cent francs.

L'après-midi même, j'avais acheté l'objet de ma convoitise dans le plus beau magasin de Thonon et, de retour à la maison, devant ce qui nous servait de glace, j'avais essayé le soutien-gorge et trouvé qu'il m'allait fort bien. Mais il m'était impossible de voler ma grand-mère. Dès son retour, je m'étais précipitée à sa rencontre : « Mémé ? — Oui, qu'est-ce qu'il y a ? — Je dois te dire quelque chose, je t'ai pris des sous dans ton porte-monnaie ce matin… — Parce que tu penses que je ne m'en étais pas rendu compte, ma petite ? » Et elle avait conclu : « Garde tes larmes pour plus tard… Le prince charmant n'existe pas… Tu ferais mieux de travailler. Je ne serais pas toujours là. » Bon. Faute avouée à moitié pardonnée ? Bien plus que cela. Dès ce jour, j'ai saisi ce que voulait dire « donner sa confiance ». En ne me punissant pas, ma grand-mère n'était pas tout de même allée jusqu'à me donner cent sous de plus !

Mémé à l'Alcazar

Ceux qui me connaissent, mes fans de la première heure comme mes proches, savent combien j'ai aimé ma grand-mère. Dès que le succès est arrivé, j'ai essayé de la faire profiter de tout, de lui changer les idées mais avant tout d'inverser sa destinée : cette réalité tellement dure qu'elle avait dû affronter avec courage et ténacité en pensant que le soleil brillerait peut-être le lendemain. À son arrivée, je venais la chercher sur le quai gare de Lyon. Ensuite, visite chez un très bon coiffeur qui lui inventait une coupe de princesse. Puis direction Castel chez qui j'ai toujours été choyée. Là, on faisait un dîner de reines. Pour terminer, spectacle à l'Alcazar où elle avait rencontré Trenet, une sorte de Graal pour elle. Elle m'avait toujours dit qu'il ressemblait à son fils Edmond mort dans le Vercors. Il se trouve que ce soir-là la propre mère du Fou chantant était venue l'applaudir. Voilà qu'elle et Mémé commencent à sympathiser. Après quelques coupes de champagne, il régnait à l'Alcazar comme un brouillard d'amour qui avait empli la salle. Je suis lyrique, c'est ça ? Mais savez-vous ce que c'était pour cette petite dame de Vongy de se retrouver face à la propre mère de Trenet ? Autant dire qu'au retour, elle a quasiment convoqué toutes ses vieilles copines pour leur narrer la soirée par le menu. C'était un moment magnifique, peut-être plus important pour moi que ma toute première standing ovation.

Une autre fois, au début de ma carrière, José Giovanni, le fameux auteur du *Trou,* m'avait offert un rôle dans l'un de ses films, *Un aller simple,* où je devais tourner près de trois semaines. Trois semaines de trop sans mon indispensable grand-mère. Je lui avais réservé un billet d'avion en première classe pour Madrid. Petite mère ! Je me souviens de sa fierté quand elle était arrivée dans la capitale espagnole. Elle tenait encore son billet de la Swissair à la main ! J'avais fait envoyer une voiture de la production pour la chercher et indiqué au chauffeur qu'elle aurait *La Tribune de Genève* qui dépasserait d'une de ses poches. Elle arrivait de l'aéroport de Genève.

Mémé adorait le flamenco et je lui avais offert la tournée des grands-ducs… ou des grandes-duchesses. On s'était amusées comme des petites folles. Mais, le matin, quand la ferveur de la nuit était retombée, ma grand-mère se montrait toujours soucieuse des choses matérielles. On ne se refait pas. Elle m'avait désigné du menton des miséreux qui traînaient dans la rue et, puisque nous venions de visiter une fort belle église à Tolède, elle m'avait chuchoté avec le plus grand sérieux : « Regarde, ils crèvent de faim… Les curés ici feraient mieux de leur donner tout l'or qu'il y a dans leurs églises, tu ne crois pas, Nicole ? » À Madrid encore, chaque fois que nous prenions le petit-déjeuner, elle gardait les viennoiseries dans son sac. Une habitude de pauvres ou de ceux qui ont connu le manque ou la guerre. Elle, avait connu les trois... Il ne fallait rien gaspiller.

À Monte-Carlo, idem. Chaque année, j'avais programmé un séjour dans un grand hôtel monégasque. Mémé donnait invariablement à manger aux mouettes jusqu'à cette année où la direction avait posé un écriteau où il était indiqué : « Interdit de donner à manger aux oiseaux ». Claudia avait bien ri en découvrant la pancarte et m'avait lancé avec malice : « Je m'en fiche. Je donne à manger à des mouettes, pas à des oiseaux ! » Si vous ne saviez pas encore d'où je tire mon esprit frondeur, désormais vous avez peut-être deviné.

Message personnel : Claudia, quelque part dans le ciel, tu lis ces lignes et je veux te dire que je t'aime. Je souhaite à tous les enfants du monde de connaître à leur naissance une mère ou une grand-mère comme toi.

5

Qu'on ne s'y trompe pas, même si mon enfance et mon adolescence se sont déroulées parfois dans des circonstances dramatiques, je garde néanmoins de cette époque des souvenirs emplis de tendresse. Et c'est en repensant à ma grand-mère à l'instant, que je me replonge dans le Vongy des années 50.

Je revois nos dimanches où Mémé, droite comme un i, tricotait pull-overs, écharpes et chaussettes pour l'hiver qui, chaque année, ne nous faisait pas de cadeau. Elle était là toujours avec le même tablier, le même vieux gilet. Lorsque je disais que je n'entendais jamais une plainte sortir de sa bouche, c'est précisément à ces moments- là que je pense.

Si, plus tard, je ne suis pas tombée dans la délinquance, si je ne suis pas entrée dans les mauvais coups, c'est à elle – et à elle seule – que je le dois. Lorsque tu commences à grandir, si ton cœur n'est pas en pierre, toutes les preuves d'amour qu'on te donne, ça ne peut que t'émouvoir et t'aider à grandir. Chez les gens humbles, ces preuves sont des petits détails du quotidien. J'avais beau être une gamine, mon cerveau a tout de suite percuté sur une information capitale : cette femme qui, à chaque seconde, ne ménage pas ses efforts, eh bien, cette femme a encore le temps de nous tricoter le dimanche des pulls, des chaussettes, des cache-nez et de nous prodiguer des regards pleins d'affection. Elle nous disait : « Il neige. Où allez-vous ? Ne prenez pas froid... »

Une horde d'enfants

La chance et la réussite que j'ai connues par la suite, je crois foncièrement qu'elles ont été façonnées par ce qu'on m'a donné au départ. Mais ces choses lumineuses, tu ne les reçois pas que de ta famille. Les voisins, à Vongy, étaient pour la plupart des gens bien. Je me souviens par exemple que j'ai passé des jeudis et des dimanches après-midi entiers chez Madame Morand et Madame Treboux, des amies de ma grand-mère. Ces dames avaient de vraies familles nombreuses. Cela ne les empêchait pas de nous accueillir, ma sœur et moi. Nous jouions pendant des heures dans leurs fermes. J'ai appris ensuite qu'elles avaient beaucoup de respect pour ma grand-mère dont elles connaissaient le courage et l'abnégation.

Mais, même si les vertus catholiques étaient bien partagées, ne pas voir dans cette attitude simplement de la compassion. Il y avait une joie authentique pour les villageois à nous voir regarder de ferme en ferme. On suivait les récoltes, on gardait les troupeaux. Un de nos amusements favoris consistait à récupérer les monticules de patates plus petites que nous laissaient les adultes pendant leur cueillette. On était une horde d'enfants. Alors, bien sûr, avec ma tante Antoinette que j'ai toujours considérée comme ma sœur aînée, les billes étaient notre occupation principale. En parlant récemment avec un ancien, celui-ci m'a raconté que l'un de ses spectacles préférés était de nous voir nous disputer agates et calots au milieu d'un chemin. Et de nous entendre protester lorsqu'un troupeau de vaches arrivait, qu'il nous fallait abandonner notre position pour mieux la reprendre lorsque les bêtes avaient poursuivi leur route.

Le village était à nous. Les automobiles, on ne connaissait pas. Je me souviens ainsi qu'avec Pépé, le dimanche, on allait regarder passer les voitures sur la nationale. Pour voir débarquer une voiture digne de ce nom dans la grande rue de Vongy, de mémoire, je devais avoir une douzaine d'années ! À l'heure où les enfants surfent sur Internet, tout cela peut paraître fou, mais je vous jure que c'est authentique. Pourtant, Vongy n'était pas situé au fin fond de la brousse africaine. D'ailleurs, je souris en repensant au jour où je suis revenue de l'école à midi et où Pépé, comme tous les jours, était dans ses songes avant de décoller vers son café de prédilection. « Pépé ! Pépé ! J'ai vu un Noir ! J'ai vu un Noir sur un vélo ! » César avait rigolé en apercevant ma tête d'ahurie. « C'est bien ma petite Nicole… tu sais, j'ai fait la guerre avec des copains sénégalais sur le *Clemenceau*… Ils sont adorables et parlent le français mieux que toi et moi. Allez, tu en verras d'autres… » À sept ans, je n'avais jamais rencontré de personne de couleur. Bien des années plus tard, je me suis rattrapée puisque c'est toute la musique que j'aime !

Le sens du merveilleux, je l'ai perçu grâce au cinéma. Oh, pas dans un complexe multisalles et ce n'est qu'en devenant une jeune fille que j'ai compris la magie d'une séance, seule ou accompagnée. Non, à Vongy, c'est grâce à un certain Monsieur Trabichet qui venait chaque vendredi organiser une projection au Café du Soleil. À raison d'un film par semaine, j'ai dû voir tous les péplums – *Quo Vadis* , *La Reine de Saba*, *La Tunique rouge* et aussi des tonnes de comédies musicales ainsi que quelques films qui resteront toujours pour moi totalement cultes tels que *Antoine et Antoinette* ou *Goupil mains rouges*. Mais ma toute première projection, ce fut un dessin animé, *Blanche-neige* et je comprends aujourd'hui pourquoi ce film m'a autant marquée. C'est qu'à Vongy et ses alentours traînaient deux ou trois sorcières qui devaient passer leur temps à lustrer leurs pommes rouges...

Tout contre Maman

Ce n'est pas avec les gens du village que j'ai ressenti mes pires humiliations, mais à l'école. Lorsque j'avais un peu plus de six ans, je me souviens de cette institutrice qui n'est restée qu'un an et qui avait un mépris parfait pour les pauvres. Elle venait de la ville et on avait l'impression qu'elle faisait payer aux plus démunis sa mutation loin de son milieu urbain chéri. Je dois dire que ce qu'elle représentait – la grande ville –, je l'ai maudit longtemps avant de construire mon propre jugement. Cette femme savait que ma mère était à moitié folle, que mon grand-père buvait, que mes deux oncles étaient morts à la guerre. Elle aurait donc dû avoir un minimum de pitié à mon égard sinon un peu de bienveillance. Bien au contraire, elle me harcelait avec une agressivité des plus appliquées.

Mais lorsque j'ai eu huit ans, j'ai vécu sans doute une des pires vexations de toute ma vie. Il faut savoir que nous ne manquions de rien. Du moins, nous mangions à notre faim. Mémé cultivait des légumes dans son petit jardin. Lorsqu'il fallait sacrifier un lapin, j'en pleurais mais je savais que toute la famille allait bien dîner. Nous n'avions pas le chauffage à l'étage mais Mémé plaçait des briques brûlantes dans nos lits et lorsqu'avant de me coucher mes pieds étaient trop froids, je les glissais sous les cuisses de maman qui riait en comprenant qu'elle me faisait du bien.

Un jour d'école, en arrivant le matin, j'avais commencé à me gratter la tête avec frénésie. Mémé connaissait la Marie-Rose mais n'avait pas compris que nos ennemis les poux avaient entamé leur sale besogne. Me voilà à m'agiter sur ma chaise dans des démangeai-sons insupportables. La vieille schnock, qui a l'œil, se précipite vers moi. Inutile de lui faire un dessin. C'est elle qui s'en charge sur une pancarte qu'elle m'attache avec une cordelette autour du cou. Sur la petite ardoise, elle a inscrit tout simplement : « J'ai des poux ». Elle me laisse seule au piquet toute la matinée. La honte.

Les petits chaussons rouges

Une autre fois, je suis collée au collège en ville. En sixième, le professeur d'anglais stoppe son cours pour me demander pourquoi je me permets de venir en chaussons à l'école. Nous étions en octobre et il faisait déjà plutôt frisquet dehors. Mais je n'avais pas le choix : je ne possédais qu'une seule paire de chaussures qui était chez le cordonnier en attendant que ma grand-mère ait assez de monnaie pour les récupérer. Je ne suis pas rentrée depuis trente secondes dans la salle de classe que le professeur me saute littéralement dessus et, avec une voix pincée, me lance devant tous les autres enfants : « Qu'est-ce que c'est que ces pantoufles ? Depuis quand vient-on à l'école en charentaises, mademoiselle ? » Je deviens rouge pivoine. Tout le monde hurle de rire. Je suis ridicule. Pourtant, je les aime mes petits chaussons rouges et verts fourrés. Personne ne m'aura fait aussi honte dans toute mon existence.

6

Le temps fait aussi son œuvre. Et je ne peux pas dire que mes cauchemars se sont nourris d'année en année de cette histoire. En revanche, j'ai vécu dix ans plus tard une autre vexation que j'ai gardée dans mon cœur depuis et que je vais raconter pour la première fois. Si l'on me lit bien, on peut comprendre en filigrane que cette institutrice s'est fait une joie de me punir sans doute par racisme social.

C'est entendu : nous n'étions pas pauvrissimes, nous mangions à notre faim, mais il est clair que nous étions à ranger parmi les familles disons très modestes. Lorsque j'ai eu dix-sept ans, j'ai compris un jour pourquoi dans la France des années 60, l'ostracisme de classe était encore imposant. Et, en 2008, il est loin d'avoir disparu… À cette époque, je sortais avec un garçon dont la famille possédait ce qui allait devenir l'une des plus grandes chaînes d'hypermarchés du pays. Je jure devant

Dieu que je n'avais aucune ambition de conquérir un beau parti. Je fréquentais les quatre frères, beaux, intelligents et adorables. Je les avais rencontrés à la piscine municipale et c'était Hubert dont je m'étais entichée. On passait nos jeudis et nos dimanches en surboum dans leur propriété. Les parents me toléraient très bien jusqu'au jour où je suis littéralement convoquée par sa mère. Elle me reçoit en robe de chambre dans le salon et commence, le sourire aux lèvres, à me presser de questions comme si elle tenait à mieux faire connaissance. Soudain, elle change de ton alors que le mien n'a pas varié d'un iota : « Vous savez, je vais vous dire une bonne chose, ma petite Nicole. Mon fils Hubert a des examens importants à passer à la fin de l'année, il a d'autres préoccupations dans la vie que de flirter avec vous et de se coucher à point d'heures. »

Un peu trop rock'n roll

Je suis médusée parce que je ne m'attendais pas à cela. Je ne suis pas tout à fait naïve. J'ai bien compris qu'en me rapprochant de l'un de ses fils, je venais d'enfreindre l'ordre social. Mais je m'en contrefiche. J'ai le béguin pour Hubert et je ne saisis rien des agitations de sa mère. Laquelle, devant mon silence, me lance ces mots qui martèlent encore aujourd'hui mon cerveau : « Vous allez cesser de vous écrire et de vous fréquenter ! Vous voulez de l'argent, c'est ça ? ! » Cette fois, c'en est trop. Je m'enfuis hors de la maison sans demander mon reste. J'ai l'impression de vivre à cet instant une vilaine scène de film. Étrangement, cette scène existe à quelques détails près dans *La Fille du puisatier*. À la suite de cet incident, je n'ai plus revu Hubert. Bien des années après, je l'ai retrouvé et il m'a expliqué que sa mère était décédée et a ajouté : « Tu sais, c'est bien dommage cette histoire, parce que mon père, lui, te trouvait très sympa… » Je ne lui en veux plus aujourd'hui, elle voulait sûrement protéger son fils. J'étais tellement rock'n roll à l'époque.

7

Ma grand-mère était là. Toujours là. Et, avec le recul, je crois bien que ma venue au monde a été pour elle comme un soleil naissant face à la tempête qui balayait sa vie. Comme je vous l'ai dit, deux de ses garçons étaient partis pour l'éternité en moins de quinze jours. Sa fille, ma mère, était aimée de tous mais considérée comme une demeurée. Son mari avait plongé dans l'alcool. Et elle, continuait à arpenter les rues de Vongy et les couloirs de l'usine avec une dignité qui forçait le respect. Claudia m'a enseigné l'amour des autres, la tolérance et l'abnégation. On a trop tendance à voir les gens de la campagne comme des êtres obnubilés par leurs querelles de clocher et se désintéressant de tout ce qui dépasse le seuil de leur village. Ce défaut, Mémé me l'a peu montré. Témoin cet après-midi où j'étais passée la voir peu de temps après la fin de la guerre en Algérie. Je l'avais retrouvée assise face à deux harkis dans la cuisine. Ils parlaient trois mots de français et ma grand-mère écrivait leur courrier et remplissait les formulaires des allocations familiales. Je l'aurais croquée toute crue ma Mémé, ce jour-là, tellement sa générosité m'avait émue.

La tombe d'un bébé ange

La dureté de l'existence et la générosité sont intimement mêlées dans un de mes tout premiers souvenirs d'enfance. Avec Antoinette et mes petites copines du village, à quatre ans, je fleurissais les tombes sans fleurs. En fait, je réparais les injustices, surtout les 1er et 11 novembre où le cimetière était un champ d'œillets et de géraniums. Il n'y avait là-dedans rien de morbide. Je ne retire d'ailleurs de ces instants aucune noirceur. Juste la mélancolie peut-être d'une certaine innocence. Le cimetière était réellement une de nos aires de jeux préférées. Inconsciente sans doute de la tristesse qu'il y avait à accomplir ce geste, je refleurissais régulièrement la tombe d'un enfant mort-né, que les adultes appelaient un « bébé ange ». Qui pourrait m'en vouloir ?

J'avais un autre hobby : enterrer les hirondelles, mon oiseau préféré, lorsque l'une d'elles s'était fracassé la tête contre un mur ou s'était électrocutée sur une ligne haute tension. Je récupérais une boîte à chaussures chez le cordonnier, lequel ne savait pas qu'il devenait ainsi grâce à moi entrepreneur de pompes (!) funèbres. Je tapissais la boîte de coton et j'y glissais le petit volatile mort en faisant une prière. Mes copines et moi avons comme cela enterré des dizaines d'hirondelles et une poignée de mouettes – eh oui, des mouettes, il y en avait des tas autour du lac Léman – face à la petite chapelle de Vongy…

À cinq ans, je ne fréquente pas que les cimetières. Je ne suis pas trop mauvaise à l'école : je gagne même une année en un trimestre puisque je passe dans la classe supérieure après une centaine de jours de cours. D'après Mémé, j'ai appris à lire en un temps record. Mais, à cinq ans, je vais commettre ma première fugue involontaire.

L'art de la fugue

Une charrette remplie de foin s'est arrêtée un après-midi sur le bord de la route principale à Vongy. Dans le village, tout le monde est soit fermier soit tailleur de pierre. Aussi, très naturellement, je grimpe dans la charrette qui repart quelques minutes après que son conducteur se fut désaltéré. Panique chez ma grand-mère. Mais où a bien pu passer Nicole ? Tout le monde hurle dans le village. Très vite, la stupeur s'empare des habitants : et si je m'étais noyée dans le lac ? On s'affole, on appelle les gendarmes jusqu'à ce que la charrette vienne s'arrêter de nouveau devant la maison de Mémé. Je m'étais juste assoupie. Le conducteur, qui n'avait rien remarqué, m'avait emmenée jusqu'au village voisin qui se trouvait tout de même à plus de quatre kilomètres. Tout le monde est rassuré mais pour le coup je me prends la plus gigantesque engueulade de mon enfance. Cela ne m'empêchera pas de conserver un goût intact pour l'art de la fugue…

Les années passent. Je ne suis pas la meilleure élève de la classe mais je n'en suis pas loin. Je me paye régulièrement des 16 de moyenne. Je dois dire que ma grand-mère en est assez fière. Et comme Mémé a l'air heureuse, ma pauvre maman sourit et l'est aussi. Madame Artique, la directrice et institutrice, s'intéresse beaucoup à moi et me guide dans mon travail. Entre le CM1 et le CM2, je deviens même une petite virtuose du dessin. Je suis capable à l'époque de dessiner des grappes de raisin tout à fait convenables et, paraît-il, j'excelle dans le registre des feuilles d'automne dont je reproduis la moindre nervure. Puis je passe aux visages en classes de 6e et 5e. Toujours d'après Mémé, j'étais capable de croquer avec application la plupart des trognes qui tournaient autour de la maison. À tel point que les témoins de cette sorte de don sont tous convaincus que je vais illico presto prendre la direction de l'École des beaux-arts. Malheureusement, une fois encore, mon environnement décide à ma place. Je vais alors vivre une des périodes les plus dures de ma vie.

8

Je suis donc née en avril 44. Quatre mois plus tard, notre famille est en deuil. Bien sûr, les garçons de Mémé meurent en héros. Bien sûr, nous ne sommes pas les seuls en France à être touchés dans notre chair. Mais, jusqu'au moment où je quitterai la maison familiale pour mon premier pensionnat, l'ambiance aura toujours quelque chose de lugubre. Sauf lorsque Pépé César fait sa « pantomime », selon l'expression géniale inventée par ma grand-mère. Et, celui qui va incarner la menace du malheur, c'est mon jeune oncle Joseph.

À ma naissance, il est âgé de douze ans. Il est le plus jeune des trois garçons de Mémé. Pour son salut, il a peut-être la chance d'être trop précoce pour prendre le maquis. Mais ce n'est pas pour autant qu'il va être gâté par le destin. Durant toute son adolescence, il vivra avec le souvenir meurtri de ses deux frères qu'il adorait et qu'il n'a jamais quittés jusqu'à leur départ pour le maquis. À leur mort, il faut juste imaginer la charge qui pèse sur ses frêles épaules d'adolescent. Au moment de son service militaire, il va être très éloigné de sa famille puisqu'on le contraint à accomplir son année de conscription en Allemagne. Le même pays qui est responsable de la mort de ses deux frères. Là-bas, il prend une très mauvaise habitude : il commence à boire avec assiduité dès qu'il a le moindre quartier libre. À sa décharge, on ne peut pas dire que mon grand-père lui ait donné le meilleur exemple. Tel père, tel fils.

À son retour d'Allemagne, il est transfiguré mais dans le mauvais sens. Son visage a changé. Il porte déjà les stigmates de son alcoolisme. Le paradoxe est que, dans la journée, il travaille à la Source Cachat dans les usines de l'eau d'Évian ! Son job : la mise en bouteille. Il n'y fera pas carrière et se retrouve ensuite sur les chantiers publics aux Établissements Lefebvre. Il fait partie de ces centaines de milliers d'ouvriers qui, à la fin des années 50, construisent les autoroutes.

Un nouveau cauchemar

De déprime en déprime, de malaise existentiel en beuverie, sa présence à la maison devient angoissante pour ne pas dire dangereuse. Et alors les gros ennuis commencent. Plus tard, il sera victime d'un grave accident du travail. Il glisse sur le bitume encore frais et se prend un gros coup de rouleau-compresseur sur la hanche. Malgré une greffe qui ne prend pas, il mourra à l'hôpital en 1973.

J'ai douze ans. Comme tous les après-midi, je rentre du collège avec deux copines. Nous traversons le petit pont qui mène à la rue centrale du village. C'est l'été et déjà le soleil est sur le point de tirer sa révérence. Et ce coucher de soleil reste, dans ma mémoire, impérissable. Parce qu'il est réellement magnifique, rouge sang, et sans doute parce qu'il a coïncidé avec la vision d'apocalypse qui s'offre à moi lorsque je pénètre dans notre ruelle. Un attroupement de gendarmes, quelques voisins au visage désemparé. En une seconde, je me décompose. Encore un nouveau cauchemar.

Mon oncle Joseph a eu, un quart d'heure avant mon arrivée, une crise de delirium tremens. Rien à voir avec la bonhomie de mon grand-père. Lui nous a presque toujours fait rire, même s'il a abusé parfois de notre patience. Joseph, lui, quand il boit, devient dingue. Jusqu'à présent, il se cantonnait plutôt à quelques gros mots qu'une adolescente de douze ans qui ne connaît rien à la vie n'aurait pas dû être obligée d'entendre. Mais bon, rien de rédhibitoire. Toutefois, je l'avais surpris à commettre des gestes violents. Du style tambouriner de toutes ses forces sur la table en bois de la cuisine. Impressionnant. Une autre fois, plus éprouvant encore, il s'était administré une dizaine de claques sur la tête comme s'il voulait se punir. Il était franchement plus à plaindre qu'à blâmer.

Mais là, le spectacle est indescriptible : Joseph a simplement jeté par la fenêtre du premier étage presque tous les meubles plus ou moins légers de la maison. Et il ne s'est pas arrêté aux chaises et aux fauteuils. Il a vraisemblablement fait voler toute la vaisselle de Mémé. Une vaisselle qui n'avait pas de grande valeur mais qu'elle tenait de son arrière-grand-mère. Le capharnaüm dans la rue est infernal. Mais il y a pire encore : en un clin d'œil, je découvre l'armoire à pharmacie en lambeaux qui traîne parmi les débris de vaisselle, des comprimés de toutes les couleurs un peu partout comme des friandises abandonnées, des médicaments écrasés par les allées et venues des gendarmes.

Les larmes me viennent. Je comprends instantanément que ce désordre a été causé par la folie de Joseph. Jamais César n'aurait pu se laisser aller à de tels débordements. L'alcool a développé chez Pépé le petit grain qu'il avait déjà dans la tête mais de là à mettre en péril réellement sa famille, ce pas, pour rien au monde il ne l'aurait accompli. Je pleure donc à chaudes larmes mais ce n'est rien par rapport à ce que je vais vivre dans quelques secondes. Caché par un badaud que je ne connais pas, mon jeune oncle est assis dans la rue, à même le sol. Du sang partout sur ses habits. Les yeux livides, les bras ballants le long du torse. Il est dans un état lamentable.

Une envie de boxer Joseph

Je crie : « Tonton ! Tonton ! Mais qu'est-ce qui s'est passé ? Qu'est-ce que tu as fait ? C'est toi qui as jeté tout ça dans la rue ? » Il ne lève même pas les yeux, ne me répond pas. En fait, Joseph vient de se taillader les veines avec un rasoir. Je ne suis qu'une adolescente d'à peine douze ans. Malgré tous ses excès, malgré sa violence contenue, j'aime Joseph. Dans un premier temps, un sentiment de pitié me vient, immédiatement remplacé par de la colère.

Je vois ma grand-mère pleurer en silence en train de trier tous les restes de la casse. Son fils de vingt-cinq ans vient de bousiller en un quart d'heure le semblant d'harmonie qu'elle tentait d'instituer dans notre humble demeure. S'il ne paraissait pas aussi faible, j'aurais, dans la seconde, envie de boxer Joseph. Mais je reste impuissante.

J'ai vite compris, aux bandages qui ornent ses poignets, qu'on lui avait administré les premiers soins et qu'il n'allait pas mourir. Aussi mon premier réflexe, après m'être assurée de sa santé, est de dire qui je suis aux gendarmes et de leur demander si je peux ramasser les quelques objets qui ont survécu à la furie de mon oncle. Je ne m'appesantirai pas sur la fin de journée qui fut très éprouvante. Celle qui semblait le plus touchée par cet événement douloureux, ce ne fut pas Mémé, mais Maman. Une fois de plus, elle ne comprenait pas.

Mais cette fois-là, sur son beau visage frappé d'innocence, je vis pour la première fois une larme couler.

À douze ans, on est peut-être trop jeune pour percevoir toute la dimension des problèmes, mais il n'était pas utile de me faire la leçon. Après ce début de fait divers, j'étais convaincue que Joseph était perdu pour la société et peut-être pour la vie tout court. Son attitude par la suite a confirmé mes craintes.

Joseph était inarrêtable. Son père n'avait aucune autorité sur lui. Allez demander à un alcoolique confirmé d'arrêter un apprenti ivrogne. Impossible. Et puis, après la mort de ses deux frères, j'ai toujours pensé que Joseph avait endossé un sentiment de culpabilité maximal qui se résumait par : je suis resté en vie et pas eux. Bref, devant un tribunal, il aurait eu, lui aussi, toutes les circonstances atténuantes. Mais ce n'était pas une raison pour tyranniser toute la famille alors que Mémé se cassait le dos pour porter les tissus à l'ébullition dans l'usine à longueur de journée.

Des cris de terreur

Une fin d'après-midi où Joseph était déjà bien entamé, il s'était levé brusquement de sa chaise, tel un aigle qui quitte son nid pour fondre sur sa proie, et sans aucune raison s'était abattu sur Maman, sa sœur, et lui avait attrapé sa queue-de-cheval. Pendant une minute qui m'avait semblé interminable, il avait tiré sur ses cheveux de toutes ses forces et l'avait contrainte à monter les escaliers avec lui. Il ne cessait de répéter cette phrase qui n'avait aucun sens, surtout parce qu'il s'adressait à ma petite maman qui ne comprenait pas ce qui lui arrivait : « Qu'est-ce que tu veux ? Hein ? Qu'est-ce que tu veux ? Tu peux me le dire ce que tu veux ? » Ce qu'elle voulait ? Rien, absolument rien. Qu'il la laisse tranquille, cette femme incapable de la moindre malice et surtout incapable de se défendre. J'avais hurlé pour qu'il la lâche. Mais mes hurlements n'y faisaient rien et, pourquoi mentir, les cris de maman étaient aussi des cris de terreur. Le lendemain, nous ne trouvions pas Jeanne : elle s'était cachée dans un placard plutôt que d'affronter de nouveau Joseph.

Mon oncle maintenant me fait peur. Comme mon grand-père, il est posté sur la grande table où nous prenons tous nos repas. Il m'observe, le regard éteint, en train de réviser mes leçons. Je ne fais pas attention à ce qu'il fabrique. Joseph joue avec son couteau, un Opinel. Tous les Savoyards adultes en possèdent un même si la plupart privilégient le fameux couteau suisse. Je suis à l'autre bout de la grande table et je veux me lever. Ai-je besoin d'ajouter qu'il est imbibé d'alcool ? Il sent la vinasse à plus de deux mètres. J'essaie de garder le visage le plus neutre. J'ai treize ans désormais et la tragédie de l'année dernière m'a mise sur mes gardes.

Comme si le diable en personne s'était emparé de lui, Joseph commence à gronder. Il me regarde d'un seul coup méchamment. Puis viennent les insultes. Il me traite de « petite traînée », et me jette son couteau à travers la figure que j'évite en attrapant la porte pour m'enfuir et me réfugier à la boulangerie chez ma marraine toute la nuit.

Ce que je peux dire – non pas pour l'excuser mais pour être tout à fait sincère –, c'est qu'il m'a lancé ce couteau comme il m'aurait lancé le contenu d'un broc d'eau s'il en avait eu un sous la main. Cela n'enlève rien à sa violence et à son inconscience, Joseph avait franchi la ligne jaune. En tout cas, à compter de cet instant, j'ai décidé de ne plus l'approcher de toute ma vie à moins de dix mètres.

Antoinette, ma tante, part pour gagner sa vie à Paris. Elle y rencontrera son mari Jacques, charcutier, avec lequel elle tiendra son négoce pendant plus de trente ans à la Roche-sur-Foron.

Quant à moi, à cause de Joseph, ma vie de collégienne s'est subitement déréglée. C'était plus qu'une goutte d'eau mais le vase avait fini par déborder. Je ressentais une pression telle qu'il me fallait l'évacuer coûte que coûte. La tendresse de mes aînées n'était plus suffisante. J'avais besoin de m'évader et je m'y suis employée.

9

Après les délires de mon oncle, j'ai commencé à être gagnée par un sentiment qui ne m'avait pas habitée jusqu'alors : l'injustice. Je savais qu'en faisant l'école buissonnière, j'enfreignais un peu la loi. Mais je n'étais qu'une gamine et, je le répète, le collège ne m'offrait rien pour me distraire de l'existence passablement triste que je menais à Vongy. Aussi, pendant les trois ans qui vont suivre, je vais devenir sans doute la recordwoman de changement d'établissements dans la région. Aujourd'hui j'ironise, mais, à l'époque, je n'étais pas très fière.

Je débute mon périple par le collège de Thonon-les-Bains où je suis demi-pensionnaire de la sixième à la quatrième. J'ai quinze ans et, dès les beaux jours, je commence à faire l'école buissonnière. Je préférais me promener le long des murs du château de Ripaille qui longe le lac Léman. À force de signer moi-même les mots d'absence et le carnet trimestriel, je me suis retrouvée en pension à Annecy. C'est la première fois que je suis séparée de Mémé et Maman. Des moments très difficiles : je ne suis pas très disciplinée et les punitions sont mon lot quotidien. Heures de colle à répétition, engueulades monumentales, je finis même par être privée de sortie. Comme souvent, le petit Bélier que je suis, au lieu d'opiner, se révolte et j'accomplis mon premier mur. Une escapade de courte durée qui provoque mon renvoi. Ma grand-mère est effondrée. Pas moi. Je suis presque heureuse de regagner quelques jours la demeure familiale où je constate sans surprise que ni mon grand-père ni mon oncle n'ont pris le parti de dessaouler.

Le monde à part des garçons

On m'inscrit alors au collège d'Évian, un établissement mixte, et je passe mon été à nager au club de Thonon. C'est pour moi une révolution. De Gaulle vient de fonder la Ve République. Je m'en souviendrai toujours parce que cette période coïncide avec le moment où j'ai réellement découvert que les garçons étaient un monde à part, un vaste pays que j'étais encore très loin d'avoir visité. La gent masculine m'amuse et je prends un vrai plaisir à me chamailler avec les gars de mon âge. Je continue à dépenser l'argent que me donne

Mémé tous les lundis pour payer la cantine. Je me nourris le midi d'un modeste croque-monsieur à quatre-vingts centimes et le reste du temps je flâne autour du lac Léman quand je ne me paie pas une séance de cinéma. En mon for intérieur, même si j'ai l'impression que Mémé m'a un peu lâchée quand je suis partie pour mon premier pensionnat, je suis convaincue qu'elle sera toujours là. Pour ce qui est de sa bienveillance, je ne me trompe pas. Ne pas oublier que ma grand-mère est ma tutrice légale et qu'ainsi j'ai échappé jusqu'à présent à la Dass. Mémé, tout au long de sa vie, n'a jamais formulé la moindre menace à mon encontre. Elle savait se faire respecter mais la vie lui avait appris que rien n'est tout noir ou tout blanc. Et mon dossier, elle le connaissait mieux que quiconque.

Insupportable et irrécupérable

Lorsqu'elle avait été convoquée par la directrice du collège d'Évian qui avait conclu le rendez-vous par cette phrase définitive : « Votre petite-fille est insupportable en cours… Elle est irrécupérable ! », Mémé avait haussé les épaules, tourné les talons, m'avait empoignée et, quelques minutes après, m'avait lancé mi-courroucée mi-espiègle : « Nicole, tu es agitée par le diable ! » J'avoue que j'ai connu pires leçons de morale de la part d'un adulte mais il me semble que, malheureusement, j'aurais eu plus de raisons encore que Jean-Pierre Léaud dans le film de Truffaut de faire les 400 coups !

Je n'en mène pas large pour autant. Depuis le jour où mon oncle a tout cassé à la maison, on nous a collé une assistante sociale sur le dos. Mlle Gaucherand – c'est son nom – ne se trompe sans doute pas lorsqu'elle dit que si les agissements de Joseph ne cessent pas, cela peut devenir très grave pour notre famille ou le voisinage. Elle nous menace même d'un : « Avec Joseph, si ça continue, un jour il va y avoir un drame… » Cette Mlle Gaucherand deviendra pour moi une sorte de commissaire Javert. Elle sera constamment sur ma route, pas toujours pour mon bien. Je lui dois de m'être retrouvée, après le renvoi du collège mixte, dans un Centre d'orientation et d'observation au nord de Lyon où l'on m'a obligée à réaliser une batterie de tests. Gaucherand avait fait signer une autorisation de décharge à ma grand-mère. Je me revois avec ma petite valise quittant une nouvelle fois Vongy en pleurs.

Une sensation me pétrifie : j'ai froid dans tous mes membres. J'ai quinze ans et je vis ce moment comme un abandon. C'est exactement ça : je me dis que cette fois Mémé m'a abandonnée. Et désormais je me fiche littéralement de tout ce qui peut m'arriver. D'autant que quelques jours plus tôt, j'ai reçu le coup d'estocade. Dans un café, un garçon que je connais un peu m'interpelle : « Au lieu de faire la folle, tu ferais mieux de t'occuper de ta mère... », dit-il comme s'il était mon frère aîné. « Mais de quoi je me mêle ! », vais-je répondre en ne comprenant pas ce reproche. « Mais enfin, ma vieille, tu ne sais pas que ta mère a un cancer ? » Je lui rétorque alors : « Pas du tout, elle a un fibrome, pas un cancer... » Et ce fort-en-thème de m'expliquer que c'est un euphémisme pour désigner le crabe...

Je suis épouvantée. J'ai déjà lu par hasard un article médical sur le sujet dans une salle d'attente et, dans ma tête, cancer égale mort. Rien d'autre. En un instant, je repense à mes oncles, à mes hirondelles, aux veines tailladées de tonton Joseph. J'éclate en sanglots. Mais je ne vais parler à personne de cette révélation pendant plus de trois mois durant lesquels je ne manque jamais de la visiter chaque jour à l'hôpital.

À la rentrée suivante, les choses s'arrangent un peu. J'entre à l'École des Ingénieurs textiles, cour Giraud à Lyon, dans la section dessinateur, compositeur en soierie. En fait, pendant la journée, je vais comprendre durant une année comment l'on façonne et imprime les tissus. Et en parallèle, je suis les cours du soir à l'Académie des beaux-arts, où j'apprends les rudiments des proportions du corps humain. Les proportions et les gabarits n'auront bientôt plus de secrets pour moi. Je ne peux pas dire que cet apprentissage me déplaît. L'aspect artistique m'attire profondément. Je sentais depuis quelques années que mon cœur batait plus fort lorsque je participais à la chorale. Et monsieur Vernex, un ami de ma grand-mère, m'introduit auprès de Manon Novarina qui m'accepte dans sa classe de théâtre. Expression corporelle, diction, cela m'amuse follement mais je ne nourris à l'adolescence aucune vocation de ce genre.

Vingt-deux arbres-camarades

Restent les soirées et les nuits. Après les cours de soierie, je regagne l'Étoile du Matin, un foyer plein de gaieté qui accueille vingt-deux jeunes filles. Rentrant souvent après l'extinction des feux, je suis punie de sortie pendant quelques week-ends. Mademoiselle Jourdan, la directrice, me demande de décorer la bibliothèque et je fais installer un grand panneau de contre-plaqué au mur sur lequel je peins à coups de brosse plate une clairière dotée de vingt-deux arbres censés représenter symboliquement chacune de mes camarades. Tableau que je suis allée signer, notoriété oblige, quelques années plus tard lors d'un concert donné à Lyon !

Ma conduite laissant à désirer, je suis souvent consignée. Il fait beau, c'est à nouveau le printemps, je pars danser au BC Blues, le temps s'écoule, vive le rock'n roll, il est minuit et là, j'ai dépassé les bornes, je n'ose pas rentrer au foyer… Alors je fais une nouvelle fois le mur. Je me débrouille pour prendre la micheline pour Thonon. Mais je suis à bout de nerfs et décide de ne pas retourner à Vongy. Je les connais : ils seraient venus me chercher jusque dans mon lit. Je descends du train à Genève. Je vais errer dans la ville avec trois francs six sous en faisant attention de ne pas éveiller l'attention de la police suisse. Je m'endors la nuit suivante derrière la porte cochère d'un immeuble cossu.

Le Café de la Guerre

Retour à Lyon le lendemain. J'atterris au Café de la Paix qui est une sorte de Café de Flore lyonnais. On l'a compris : ma naïveté ne me fait douter de rien. J'aurais pu choisir un endroit un peu moins show-off. Je fais la fiérote avec les copains qui m'offrent un café-crème bienvenu. On me tape sur l'épaule. Vision d'horreur ! C'est la Gaucherand qui me dévisage et cette peste, d'un ton tranchant, m'attaque : « Ça fait deux soirs qu'on te cherche… Tu es renvoyée… Tu vas venir avec moi rendre visite au juge pour enfants de Lyon… » Ma face est écarlate, entre la honte et la stupeur d'avoir été aussi vite retrouvée. Mais la Gaucherand, on ne la refait pas. Elle a les bras croisés. Puis, comme elle constate que je ne bouge pas, se saisit de moi et me traîne de force à l'extérieur du Café de la Paix que j'ai rebaptisé depuis le Café de la Guerre.

Résultat des courses : la punition absolue. J'accomplis mon premier séjour chez les sœurs du Bon Pasteur. Une véritable odyssée qui va me transformer peut-être mais également me filer la rage et me métamorphoser en une authentique rebelle.

10

Avant de conter mes aventures au Bon Pasteur, j'aimerais faire une mise au point qui me paraît importante à ce stade du récit. Je suis croyante. Même si, d'année en année, j'ai souvent été envahie par le doute, je crois en Dieu. Ma pratique actuelle du gospel et ma fréquentation des églises ne m'ont jamais éloignée de mes convictions. Lorsque j'ai compris que je n'aurais jamais de père – pourquoi ne pas l'avouer ? –, mon vrai papa devint un peu ce gentil barbu sur la croix qui ne souriait pas beaucoup mais à qui, au moins, je pouvais parler.

Enfant, j'ai, comme tous les autres gamins de Vongy, fait mon catéchisme. Saint-François-de-Salles est le saint de notre région. La Savoie a, depuis des lustres, une très forte identité catholique. Dans le Duché, les habitants ont dû parfois se battre violemment contre le calvinisme. Dans ma peine et mon désamour, j'ai été formée à cette évidence : Dieu t'aime. Jésus t'aime. Je me fortifie dans cette idée-là et je m'en veux même de ne pas avoir énoncé plus tôt combien ce réconfort a été crucial pour mon salut. Ce qui va suivre pourrait donner de moi l'image d'une bouffeuse de curés. Ou de bonnes sœurs. Or, il n'en est rien. En revanche, ces chères dévotes du Bon Pasteur ont bien failli me dégoûter pour toujours de la religion.

Rue des Maccabées

Me voilà donc sur la colline de Fourvières. Plus précisément au 69 de la rue des Maccabées. Je n'invente rien. En découvrant le nom de la rue, j'en ai eu froid dans le dos. L'institution du Bon Pasteur a été créée vers 1915. Dans les années 60, il y en avait environ une quarantaine disséminées dans toute la France. On y recueille des « filles perdues », comme ils disent. Des mineures qui y entrent souvent à quatorze ans et n'en ressortent qu'à vingt et un. Dans la majorité des cas, ces filles ont de gros problèmes scolaires ou familiaux et sont très proches de la délinquance. Certaines ont déjà été violées ou ont même connu la prostitution. Bref, lorsque je franchis le porche du Bon Pasteur, ce n'est dans pas la maison de Dieu que je pénètre. Je viens de gagner un aller simple pour l'enfer.

Immédiatement, je respire une odeur de cire qui ne me quittera plus. Normal. On passe son temps ici à faire le ménage et la poussière est bannie. Dix minutes plus tard, avant de faire connaissance avec la Mère Supérieure, une jeune fille en pleurs passe devant moi. J'apprends qu'elle est arrivée la veille, et, qu'en guise de bienvenue, les sœurs ont coupé en deux devant elle son unique soutien-gorge. Aucune coquetterie n'est permise ici. La mode est à la chasuble et à la cornette blanche.

La Sœur Tourière m'invite à la suivre dans le bureau de la Mère Supérieure. Je comprends qu'il me faudra désormais ne pas répondre simplement « oui » ou « non » mais « Oui, ma sœur » ou « Non, ma mère ». J'enrage. Qu'ai-je donc fait pour mériter une telle galère ? Quelques fugues à répétition ? Un peu trop d'insolence ? Mon sort est injuste et je compte bien le faire savoir à la patronne des lieux. Aucune émotion. Des yeux fixes. Une bouche qui remue à peine. J'ai l'impression de parler à un sarcophage. Dans les collèges précédents, je trouvais la discipline un peu rigide à mon goût mais cette fois, c'est la prison…

Pour des raisons de retard administratif, on m'isole des autres pensionnaires que je ne rencontre qu'à l'office du matin, et je me retrouve seule préposée à la lingerie. Une grande pièce carrée avec une table carrée et une machine à coudre près des deux grandes fenêtres. En face, tous les quarts d'heure, le clocher de l'église qui sonne. Sinistre. Je suis chargée de repasser, de plier et de ranger les « nénettes ». Traduisez : les serviettes hygiéniques de ces demoiselles. Je vis dans un univers immaculé, blanc comme le pôle Nord. À tel point qu'aujourd'hui, je ne supporte plus cette couleur.

Mlle Gaucherand avait expliqué à ma grand-mère à quel point le Bon Pasteur était ma dernière chance et que si je poursuivais sur ce mauvais chemin, je serais à mon tour « une fille irrécupérable », « une enfant perdue »...

Les cravates à Milou

Foutaises. Qu'est-ce qu'on m'offrait dans cette bonne institution ? Repasser et plier au carré, ce qu'entre nous on appelait des « cravates à Milou ». Je n'en pouvais plus. De temps en temps, tout de même, un petit miracle se produisait. Ainsi une brave petite religieuse, sans doute la seule à me témoigner un peu d'affection, m'avait apporté un transistor que j'écoutais tous les dimanches après la messe. Cela me permettait de me distraire le jour du Seigneur, jour où chez les catholiques on ne travaille normalement pas. Elle me fournissait aussi des piles de mois en mois. Je n'écoutais la radio que de manière parcimonieuse : la sœur avait pris quelques risques en me l'offrant car l'objet devait sans doute être considéré par ses supérieures comme un instrument du démon. En attendant, lorsque je passais ma journée dans cette pièce hermétique à me ronger les sangs, j'étais bien contente de fredonner les derniers tubes et, sans le savoir, les sœurs ont nourri en moi la joie de chanter. Trois mois plus tard, la petite sœur me demande de préparer mes valises, je suis transférée au Bon Pasteur de Puy-en-Velay où je rejoins l'effectif des cent cinquante jeunes filles qui seront mes futures camarades de pension.

Nous devons nous déshabiller sous notre chemise de nuit pour ne pas montrer notre peau aux autres et éveiller de la concupiscence. Ensuite, il faut en deux temps trois mouvements se glisser dans le lit du dortoir mais attention : les bras le long du torse et au-dessus des draps. Pas question de frôler son corps avec ses doigts. Et la sœur auxiliaire aboie « Seigneur accordez-nous la grâce de faire une bonne et sainte mort », et tout le dortoir de répondre en chœur « Amen ». Extinction des feux. Sinistre.

Nous sommes exploitées comme de vulgaires prisonnières. Nous passons notre temps à confectionner des petites robes de bébé. Mais à la différence des prisons, nous ne gagnons pas un centime pour ce labeur. Lorsque nous protestons, les petites sœurs Madeleine lèvent les yeux au ciel et nous rappellent que nous jouons des aiguilles pour le Bien, et nous font réciter chaque matin à voix haute des dizaines de chapelets en faveur des soldats d'Algérie. Nous, tout ce que nous savons, c'est que les journées sont harassantes et interminables. Nous sommes des fourmis, de bonnes petites ouvrières qui œuvrent pour le contentement de Sainte-Euphrasie, la protectrice de toutes les Notre-Dame du Bon Pasteur.

La Mère Supérieure, que nous avons surnommée « la Purée » parce qu'elle s'appelle la Mère de la Purification, nous convoque parfois dans la salle du réfectoire. Elle ouvre un micro totalement inutile puisqu'on l'entend déjà très bien même au fond de la salle : « C'est votre esprit qui doit guider votre vie... Vous êtes encore prisonnières de vos viscères... Priez Notre-Seigneur... Et retournez à vos occupations. Allez, pressez-vous, mesdemoiselles ! »

J'enrage : je viens de comprendre que je vais vivre là-bas un bis repetita et cela ne m'enchante pas tellement. Certes, l'ambiance est un peu moins rigide, du moins les premiers temps. Mais, très vite, je prends conscience de certaines pratiques insupportables. Ici, on nous apprend à tout partager, ce qui est plutôt louable. Vous recevez un colis ? Tout le monde doit en profiter. Fort bien. Sauf quand on vous remet ce colis parfois quinze jours après sa réception en guise de punition. « Pour vous faire les pieds ! », répond la préposée au courrier avec un immense sourire.

Mère la Purée

Un autre jour, même combat. Je me montre très dissipée lors du déjeuner. La Mère de la Purification alias la Purée me désigne du doigt : « Nicole, la lettre que j'ai dans la main, vous attendrez huit jours pour la lire ! » Et moi de serrer mes mains telle une supplique : « Oh non, ma mère, je vous en prie, c'est sans doute une lettre de ma mémé... Je l'attends depuis un mois. » Rien n'y fait : cette peste va garder l'enveloppe plus d'une semaine et encore me fera-t-elle lambiner une journée supplémentaire pour me la remettre.

Je ne connais pas de prison qui n'ait pas subi un jour ou l'autre une mutinerie. C'est exactement ce qui va se passer au Puy-en-Velay. Autant dire que cette révolte va provoquer un véritable scandale dans la région. À tel point que la Mère Supérieure sera même contrainte de démissionner. Je ne l'ai pas pleurée. Savez-vous que dans cette noble institution, on coupait les cheveux à ras aux jeunes filles récalcitrantes ? Savez-vous aussi que, lorsqu'une pensionnaire avait tenté de fuguer en promenade, quand elle était récupérée, les sœurs fermaient les yeux sur ce qu'il faut appeler un véritable passage à tabac de ses camarades ? Savez-vous enfin que nous n'avions pas le droit de nous parler dans la cour ou ailleurs à plus de trois ?

Toute cette bêtise a conduit à ce qu'un jour les filles et moi-même nous nous révoltions. Certaines refusent de monter au dortoir des cailloux pleins les mains, elles s'attaquent aux vitres du réfectoire. La violence s'installe petit à petit, les autres restées au dortoir jettent des dizaines de chaussures qui volent dans la cour au-delà de l'enceinte du Bon Pasteur. Les habitants inquiets préviennent alors la police. Le quotidien local ne tarde pas à s'emparer de l'affaire. Puis c'est au tour du procureur de la République. Lui a un a priori négatif sur les pensionnaires de l'institution. Nous ne sommes que des « petites délurées », des « blousons noirs », dit-on à l'époque. Aujourd'hui, on dirait des « racailles » ou mieux, des « cailleras ». Mais il doit se rendre à l'évidence : en nous écoutant lors d'un interrogatoire serré, il note un nombre incroyable de dysfonctionnements et d'abus divers. C'est un vrai laïc mais il avait une autre idée de la charité chrétienne...

Si j'emploie le mot prison, ce n'est pas par hasard. Des années après cet épisode, un journal à scandales avait voulu raconter mes mésaventures chez les religieuses. Je ne saurais jamais qui a pu les mettre au courant. Toujours est-il qu'avec leurs procédés habituels – que je qualifie d'abjects – ils avaient titré à la une en grosses lettres bien grasses : « Nicoletta en prison ». Mais on pouvait lire en tout petit sous le titre : « chez les religieuses ». Ces requins ont un talent inné pour tromper leur monde, c'est-à-dire leurs lecteurs. Ce sont les mêmes qui vont titrer « Untel condamné », comme si la vedette est à l'article de la mort alors qu'en fait il s'agit d'une modeste condamnation, parfois pour de simples contraventions de la route. C'est infâme mais il ne faut pas s'étonner : ces gens-là sont infâmes.

Une sœur qui trottine

Heureusement pour moi, un ange veille sur mon destin à l'extérieur des murs. Des murs parsemés de tessons de bouteille pour empêcher les plus agiles de les franchir. Dehors, il y a Mlle Jourdan qui est à Mlle Gaucherand ce que la bonté est à la vilenie. Cette brave jeune femme se bat pour me sortir de là. Elle connaît ma famille et sait pertinemment que je n'ai rien d'une délinquante. Je vais entretenir avec elle une longue correspondance par la suite, des lettres que pour rien au monde je ne pourrais détruire.

Une fin de matinée, après cinq mois de sévices, de vexations, de privations, une sœur toute menue s'approche en trottinant et m'explique qu'on me demande au parloir. Je suis certaine de moi et d'un geste, un seul, je salue mes camarades d'infortune : « Je vous dis au revoir les filles… Je crois que je m'en vais. » Et je ne me suis guère trompée. Mlle Jourdan a obtenu du juge de tutelle mon transfert dans une maison pilote d'éducation surveillée en Seine-et-Oise à côté de Nesle-la-Vallée.

11

Désormais, j'ai dix-sept ans. Je remercie du fond du cœur Mlle Jourdan d'être intervenue à mon sujet. Elle veille comme toujours en coulisses. La Gaucherand a mis sa capacité de nuisance en veilleuse. J'obtiens donc du juge mon transfert à l'Institut pédagogique d'éducation surveillée du château de Brécourt. C'est pour moi un changement radical. J'ai droit de nouveau à l'enseignement, j'ai accès à la bibliothèque, au ciné-club, à la chorale… Je suis des cours de sténo-dactylo, et reprends le rythme de 16 de moyenne trimestrielle. Je décroche le tableau d'honneur et on m'offre une soirée à l'Opéra avec Jacques Chazot comme cadeau. On se promène chaque dimanche à Auvers-sur-Oise, le berceau des impressionnistes, une sorte de rêve pour moi qui aime tellement dessiner et peindre. Balades pendant lesquelles je me fais un bonheur d'offrir un air de blues à l'harmonica à mon peintre préféré, Van Gogh, enterré côte à côte avec son frère Théo, réunis par du lierre, symbole de la fidélité.

Dans cet institut, je panse mes blessures. Je songe à mon petit chat que j'aimais tant lorsque j'avais sept ans. En poussant un lit, je l'avais rendu borgne. Il ne méritait pas plus que moi cette blessure et pourtant la vie lui avait enlevé un œil. Cette expérience du Bon Pasteur m'avait confortée dans une certitude : il me faudrait me battre à chaque seconde pour survivre. « Struggle for life », dit-on en anglais. Au château de Brécourt, je m'étais payé un ultime coup de sang. La directrice qui n'était pourtant pas une peau de vache m'oblige à donner un coup de propre à la barrière du parc : « Vous là, l'artiste, vous allez me nettoyer tout ça à la lessive Saint-Marc et vous allez tout me repeindre en blanc… » Du blanc, encore du blanc. Je m'exécute presque avec joie car, dans quelques jours, j'aurai dix-huit ans et Mlle Jourdan va tenir sa promesse : obtenir du juge l'autorisation que je quitte cette tutelle d'État. Mlle Jourdan, vous êtes partie aujourd'hui mais je ne vous oublierai jamais.

Le 11 avril 1962, je souffle dix-huit bougies et la directrice me convoque pour m'annoncer qu'elle a besoin d'une place pour une jeune fille en souffrance familiale. J'obtiens ainsi un privilège extrêmement rare, l'émancipation bien avant que Giscard n'abaisse l'âge de la majorité à dix-huit ans en 1974. Me voilà libre et majeur.

Comme dans un film de Chabrol

Grâce à Mlle Jourdan, j'obtiens une place de bonne à tout faire à Villefranche dans la banlieue de Lyon. Exit Brécourt, je prends le train gare de Lyon et, dans le compartiment, je lie conversation avec une jeune fille de mon âge accompagnée d'une petite fille aux grands yeux clairs, comme sa maman, pensais-je. C'était Françoise et sa nièce Geneviève. Françoise, qui restera à jamais ma meilleure amie et la marraine de mon fils. Ma famille d'accueil à Lyon est la caricature de la famille bourgeoise. J'ai l'impression d'avoir été précipitée dans un film de Chabrol ou de Buñuel. Quatre garçons de sept à quatorze ans dont il faut s'occuper, la cuisine, le ménage, j'ai cru que j'allais devenir folle. La maîtresse de maison, qui ressemble comme deux gouttes d'eau à Stéphane Audran, m'appelle Colette car elle se nomme Nicole et, pour son standing, il est inconvenant que la bonne ait un prénom identique au sien. Va pour Colette mais je n'ai pas quitté l'enfer pour me retrouver au purgatoire. Au bout de deux mois, je décide donc de retourner à Vongy et je rends mon tablier.

Je n'ai pas vu ma famille, ma mère, ma grand-mère depuis quelques mois. L'émotion est immense. Mais ma mère n'est pas là. Le garçon qui m'avait accostée ne m'avait pas menti. Elle est bien atteinte d'un cancer qui lui fait souffrir le martyre. Dès mon retour, je lui rends visite chaque jour à l'hôpital. Cette nouvelle épreuve me durcit un peu plus. Je prends conscience que je passe mon temps depuis des années à maudire mon sort alors que ma petite Jeanne est en train de mourir à petit feu.

Par chance, une dame d'Évian me donne un petit job dans sa pizzeria. Je fais la plonge, le service en salle, le ménage dans les chambres, la mise en place au restaurant, les cafés au bar, etc. Je dors quatre heures par nuit. Je suis exténuée mais l'après-midi son mari me transforme en vendeuse de glaces au bord du lac, face au casino, et je vois passer les affiches des vedettes telles que Petula Clark, Dalida, Sacha Distel ou Claude François qui donnent parfois un récital au Casino d'Évian.

Le reste du temps, je dévore *Les Pieds Nickelés* que j'ai piqué à mon oncle. Les aventures de Croquignol, Filochard et Ribouldingue me fascinent. Ils ne sont pas très honnêtes, c'est vrai, mais leur débrouillardise force le respect, et je lis aussi ces fameux romans policiers dans la Série Noire dont Paul Kenny qui me faisait rêver de l'Amérique des grandes villes. Lorsque je fixe les vedettes sur les affiches du Casino, je me prends à rêver. J'envie tout ce que le vedettariat procure. En cinq minutes, je deviens la nouvelle Rastignac d'Évian : « À nous deux Paris ! » C'est décidé, il faut que je monte à la capitale.

12

Comme l'écrivait Rimbaud, on n'est pas très sérieux quand on a dix-sept ans… Et quand on en a dix-huit, on ne l'est pas plus. Alors je change vite d'avis et je vais reporter d'une année mes envies de capitale. Ma grand-mère m'incite à trouver un job et je passe un hiver magnifique en station à Châtel dans un tea-room, le Kablouna. Je suis engagée pour servir les boissons, préparer les fondues et on me charge de l'ambiance musicale. Je suis comme un poisson dans l'eau. Jean Montereau, le patron, a un talent certain pour placer ses juke-box dans la région. À cette époque, les machines font un malheur et je me souviens d'après-midi passés en famille avec ses sept enfants accompagnés de sa mère où nous mettions des piles de pièces de un franc en rouleaux avant de les porter à la banque. Quand on n'écoute pas « Pour ceux qui aiment le jazz » de Frank Tenot sur Europe n° 1, on se rue sur le juke-box qui fait tourner à longueur de journée Elvis, Ray Charles, Sinatra. Ces trois-là me font planer.

Mais je forme aussi mon oreille avec deux grandes dames : Ella Fitzgerald et Maia Jackson. Je n'écoute pas de chanson française à part les trois monstres sacrés, Brel, Brassens et Ferré. Et j'ai enfin rendez-vous avec la chance. Le pianiste de jazz français de la boîte, qu'on appelait Mouche à bœufs, m'a à la bonne. Il m'apprend à chanter en mesure. À force de jouer les apprenties DJ, je finis par connaître par cœur des dizaines de chansons en yaourt anglais. Je chante parfois sans micro et ça a même l'air de plaire à Jean, le patron du Kablouna. Je me souviens comme si c'était hier de l'après-midi où il s'est exclamé devant une trentaine de clients : « Mais c'est un phénomène, cette Nicole ! » Moi, pour l'heure, je n'ai absolument aucune prétention. Je m'amuse beaucoup à Châtel où Jean me traite comme quelqu'un de la famille, voilà tout. Je suis logée, nourrie et je reçois même 300 F à la fin de chaque mois. Le paradis pour une jeune fille de dix-huit ans qui, quelques mois auparavant, repassait du linge blanc dans une sorte de cachot amélioré…

La nuit sur la N7

La saison d'hiver se termine, les stations ferment, je suis à nouveau sans travail : j'ai dix-neuf ans et une lubie se change en idée fixe. C'est décidé : je ne monterai pas tout de suite à Paris car, avant, je veux aller au Festival de Cannes. Avec une copine, en une heure, c'est plié : nous n'avons pas d'autre choix. Avec 5 francs 6 sous dans la poche, nous nous essayons au stop. Au début des années 60, il n'y a pas de psychose autour des tueurs en série. Totalement inconscientes, nous nous retrouvons la nuit tombée à agiter le pouce sur la Nationale 7. Pas de problème. On tombe sur un type bien sous tous rapports. Arrivée à Cannes au petit matin, je réalise alors que même si je ne suis pas toute seule, il va bien falloir se débrouiller : après avoir fait l'erreur de consommer un grand crème en terrasse que nous avons agrémenté de deux modestes croissants, les deux miss folledingues comprennent face à la gare maritime qu'elles ne savent même pas où elles dormiront à la nuit tombée !

Je suis gagnée par une certaine anxiété et, dans le même temps, je suis très excitée par cette première vraie aventure. J'ai commis plusieurs fugues mais j'étais alors une enfant. Là, je sais que nous allons dans le mur à vitesse grand V. Notre nuit de noces avec Cannes, nous allons la passer dans un hall d'immeuble standing dont nous avons réussi à franchir la porte après minuit. Je ne dirais pas que ce fut une nuit de rêve mais nous étions en mai, dehors il faisait doux et je m'étais endormie fourbue avec l'optimisme de la jeunesse.

Dès le lendemain, la faim tenace me pousse à trouver une idée : et si, comme nous l'avions vu la veille sur la Croisette, nous aussi nous dessinions des portraits – des Christs ensanglantés et des Vierges à l'enfant – à la craie de couleur à même le sol. Avec ce qu'il nous reste de monnaie, nous fonçons chez le premier papetier venu. Pour l'heure, montrons aux touristes qu'en nous sommeillent des Botticelli du bitume !

Un festival de cannes

Mon festival à moi, ce sera plutôt le festival des cannes, tant je vois défiler de paires de jambes alors que je suis accroupie pour mettre un peu de couleurs sur le pavé face à la mer. C'est de cette manière que je fais la connaissance d'une bande d'allumés, tous homos, avec qui je vais connaître l'une des plus belles périodes de fiestas de toute mon existence. No drugs. En tout cas, pas pour moi. Je dis niet aux drogues dures. Une sorte de barrière morale et surtout, à l'époque, ce n'était pas à la mode. L'addiction à l'alcool, j'ai pu constater dans ma famille à mes dépens les désastres qu'elle occasionnait. Chaque fois que je suis rentrée bien éméchée, dès le lendemain, j'étais à l'eau d'Évian ou de Thonon pour toute la semaine.

Pour clore le chapitre drogues, bien se souvenir que dans les années 60, les poppers n'ont pas la cote, les homos ne sont pas encore gays et faire l'amour ne rime pas avec la mort à cause de cette saloperie de sida. Bien sûr, Mai 68 n'est pas encore là mais les mœurs commencent à se relâcher. En tout cas, à Cannes, quelques boîtes homos sont pleines tous les soirs. C'est que la Navy fait souvent escale ici. Et les petits gars de la marine américaine sont visiblement du goût des autochtones. Cannes est infiniment plus gay à l'époque que Saint-Tropez. La nuit, on est parfois hébergées par nos amis qui n'ont aucun problème de train de vie. Lorsqu'on ne veut pas abuser, Claudie – une nouvelle copine de Paris – et moi, nous nous écroulons de temps à autre dans une cabine de plage restée ouverte.

Au bout d'un mois, je ne travaille plus à la craie sur le bitume. J'ai commencé à faire l'artiste et à tailler le portrait des passants. Quand nous tombons sur un armateur voire sur un milliardaire, il nous arrive d'empocher jusqu'à 100 F, qui est pour nous le début de la fortune. Ces jours-là, c'est Byzance : une bonne nuit récupératrice à l'Hôtel de Bourgogne ou au Petit Carlton. La nuit d'après, je reçois mon content de rires, de fête, de bonne humeur. Je fais la connaissance de Mario, un petit coiffeur de dix-sept ans, qui deviendra plus tard Marion puis Marie-France, l'égérie de nombreux artistes. Fréquenter mes copains homos a un avantage considérable. Je suis heureuse quand ils me disent qu'ils me trouvent mignonne, mais cela s'arrête là. Tant mieux, car les garçons ne sont pas pour l'heure mon souci principal.

On m'a volé mon oxygène

Pour l'instant, je veux vivre et encore vivre. Les alpages de mon enfance m'ont toujours offert un air sain et vivifiant. Mais les très longs mois de captivité derrière les barreaux des bonnes sœurs m'ont volé mon oxygène. De l'air ! Et pourquoi pas du luxe, moi qui n'ai connu que privation et modération. Ma nouvelle amie Claudie me présente le fils du milliardaire Krupps, je découvre le champagne à la pêche et c'est en Rolls que nous arrivons à Saint-Tropez. Ma grand-mère m'a appris à rester simple et réservée. J'ai un peu l'impression de gentiment la trahir quand le fils Krupps gare son anglaise devant le Sennequier. Mine des badauds. Sifflets de la faune branchée. Notre camarade milliardaire est un garçon fort sympathique mais une caricature ambulante avec ses yeux bleus rimélés en plein jour, sa casquette de marin et ses chaînes en or qui virevoltent sur son poitrail blond, poilu et bronzé. Il n'oublie jamais d'être drôle et galant. Je joue les grandes dames et ça m'amuse follement.

De retour à Cannes, nous tombons sur un vieux gay hollandais, un amour d'homme qui nous réquisitionne, Claudie et moi, pour garder son yacht à quai. Parfois je fais le bœuf très tard avec des « musicos » dans les boîtes de Cannes dont l'un me dit un jour qu'il est épaté par ma voix. Il me parle de ma « tessiture » qui, paraît-il, est impressionnante. Moi je trouve qu'il a, lui, des yeux hors normes et je ne fais pas plus attention que ça à ses compliments.

Mes nuits sont alors mille fois plus belles que le plus beau jour de mon lugubre passé. Je danse, chante et fais la folle presque tout le temps jusqu'à 8 heures du matin. C'est aussi l'époque où Claudie me présente un garçon magnifique qui va entrer dans ma vie et devenir par la suite un copain. Un vrai copain. Un frère. Nous faisons ensemble des soirées spaghettis. Il est totalement inconnu mais les dieux du show-biz commencent à s'intéresser à lui. Hervé Vilard est une crème de garçon, comme on dit. Mais attention, on est du même bois, il ne faut pas trop nous chercher. Je le vois ainsi sortir de ses gonds un soir lorsqu'un beauf méridional traite Claudie de « fille à pédés ». On est très beatnik, plutôt peace and love mais « if you're looking for trouble », comme dirait le King, notre idole, vous nous trouvez assez facilement !

Toute la bande comme un essaim d'abeilles remonte un à un vers la capitale et me laisse sur place. Je décide de revenir à Vongy et profite d'un groupe de musiciens qui pouvaient me transporter jusqu'à Lyon dans leur décapotable. Tout le long du voyage, ils me disent qu'avec la voix que j'ai, je devrais monter à Paris où je trouverais une place au soleil. Ils me lâchent à la sortie de Lyon. Demain, plus de place des Lices, plus de Croisette : je vais enfin voir le Café de Flore et la tour Eiffel.

13

C'était le 5 octobre 1964. Étrange comme je me souviens de cette date. Ce 5 octobre, j'arrive à Paris. Ma bonne étoile me permet de tomber sur un convoyeur sympathique qui remonte de Lyon. Un bon père de famille qui connaît bien la capitale et tente de me donner deux ou trois tuyaux. Le second automobiliste qui accepte de me mener à Paris ne desserre pas les dents durant tout le trajet. Je lui demande de me déposer au Café de Flore à Saint-Germain-des-Prés avec 15 F dans mon petit sac et une anxiété à faire stresser un moine bouddhiste.

Il me reste juste de quoi payer une chambre dans un modeste hôtel rue Grégoire-de-Tours mais pas assez pour manger. Il faut choisir : le gîte ou le couvert. Il fait froid. Pour le couvert, on verra demain. Au petit matin, affamée, je me précipite sur mon petit-déjeuner et je retourne au Flore dans l'espoir de retrouver ma petite bande de Cannes, surtout deux d'entre eux qui m'avaient laissé leur téléphone. Sitôt appelés, ils me rejoignent et, une demi-heure plus tard, je me retrouve domiciliée chez eux, rue de Vaugirard, la plus longue rue de Paris, m'apprennent-ils.

Ce mois d'octobre 64, je vis un enchantement. Les gens sont gentils. Les homos me font rire et je ne ressens aucune gêne morale. Les nuits cannoise et tropézienne m'ont beaucoup facilité la tâche. Pour le reste, je ne roule pas sur l'or. Ce que je gagne ne me permet pas de vivre à l'hôtel. Ils me gardent avec eux le temps que je m'organise. Le plus souvent, on sort un matelas d'un placard et je dors dans leur salon. Cette générosité me touche car elle est pratiquée sans aucune arrière-pensée, et pas forcément par des hommes qui ne s'intéressent pas aux femmes…

À Saint-Germain, un soir, je retrouve Hervé dans une petite discothèque, rue des Ciseaux, chez Jimmy, un copain à lui. Je deviens responsable du vestiaire et de la musique. Les orchestres venaient de temps en temps et j'attrapais le micro pour mettre un peu d'ambiance et chanter quelques blues et du rock'n roll. Nous reformons petit à petit notre bande et je retrouve Claudie qui tient une discothèque rue Dufour avec Gérald Nanty, patron aujourd'hui du Mathis, dernier lieu à la mode. Quel bonheur de nous retrouver… À nous Paris !

Mes bas filés dans un sac

J'ai la nostalgie de cette époque où tout semblait possible, où la mesquinerie était un péché capital, un temps où on ne refusait pas une cigarette à un passant dans la rue. Désormais, on vous offre à peine du feu. Mais dans ces années-là, on l'a compris, je vivais chichement. Je me souviens de cette pochette en plastique que je rangeais dans mon sac où je gardais mes bas en nylon les moins filés possible. Cette période de disette m'émeut au plus haut point parce qu'elle me rappelle mes jeunes années où j'ai connu la faim, le froid, la privation mais que je ne remplacerais pour rien au monde, tellement nous étions solidaires les uns des autres.

Puis est arrivé ce foutu mois de novembre 64. Je dors désormais à l'Hôtel de France, un hôtel investi par beaucoup d'étudiants étrangers, et je garde un souvenir ému d'une jeune étudiante allemande en Sorbonne, Claudia, avec qui je lie des liens d'amitié grâce à la voix magique de Joan Baez qu'elle me fait découvrir en m'invitant souvent à partager ses repas du soir.

Je passe une nuit horrible dans cet hôtel où une fièvre tenace me cloue au lit avec une température de plus de 40°. Je rêve de ma mère que je n'ai pas revue depuis quatre mois. J'avais passé quelques moments avec elle et ma grand-mère avant de partir sur la Côte. La sachant très seule, j'appelais régulièrement ma grand-mère à la boulangerie, chez ma marraine, pour qu'elle me donne des nouvelles de ma mère. Elle était sortie de l'hôpital amaigrie mais avec une mine passablement rassurante. Le crabe continuait son sale boulot. Malgré plusieurs opérations, le cancer ne lui offrait aucune rémission, juste un semblant d'amélioration après une opération.

La tête contre les murs

Après ma nuit de fièvre, je me rends tant bien que mal au travail mais rien n'y fait : il vaut mieux que je retourne à l'hôtel pour me reposer. Je ne tiens pas debout. À la réception, un télégramme m'attend : « Maman décédée. Stop. Venir tout de suite. Stop. Baisers. Stop. Grand-mère ». Je suis transpercée par une violente douleur à l'estomac. Je n'avais pas pris conscience de l'état gravissime de ma mère. Je tiens le télégramme froissé dans la main comme un chiffon et me tape la tête contre les murs. Je ne sais plus ce que je fais.

La perte d'un être cher est toujours insupportable, a fortiori celle d'une mère ou d'un père. Mais là, en quelques minutes, entre les pleurs et le sang de mon arcade que j'ai ouverte en me tapant le front, je suis envahie par une vague indescriptible de culpabilité. Oui, j'ai abandonné ma mère. Oui, je n'ai songé qu'à ma vie de petite sotte alors que mon adorable Jeanne se battait contre la mort. J'ai honte de moi. Je l'ai expliqué plus haut : je suis croyante et la foi, dès mon plus jeune âge, m'a permis d'affronter plusieurs grandes épreuves. Mais dans les heures qui suivent la mort de Maman, je n'ai plus confiance en rien. Car je ressens le décès de ma mère comme la pire des injustices : elle s'en va à quarante ans après avoir été moquée toute son existence, après avoir des années durant fait le ménage de vieilles chouettes acariâtres qui ne lui ont jamais témoigné la moindre reconnaissance, après avoir mis au monde deux petites filles dont elle ne reverra pas les pères. Je n'ai pas eu le temps de donner à cette maman tout ce que la vie m'a offert par la suite de doux et de sucré. Ce miel, j'aurais tant aimé qu'elle en profite un peu.

J'ai vingt ans, mais en moins de deux heures, je viens de comprendre que la justice de Dieu ne peut être que folie aux yeux des hommes. Et qu'il faut avoir une bien grande confiance dans l'éternité, pour ne pas lever le poing vers le ciel, lorsqu'il fait pleuvoir sur vous et les vôtres tant de calamités.

14

Au petit matin, je file vers Thonon par le premier train. J'ai en mémoire le geste magnifique de ce copain travesti qui m'avait donné l'argent du billet sans que je lui aie demandé le moindre centime. Il vivait lui aussi à l'Hôtel de France et m'avait rencontrée dans un couloir où j'avançais, désemparée, anéantie.

Ma petite Jeanne était partie pour l'éternité. Dans le train, je tentais désespérément de me raccrocher à son sourire d'ange, au souvenir de son immense douceur. Mais le paysage chahuté par la bourrasque défilait et, de minute en minute, provoquait en moi un indescriptible cafard. Car je savais que ce qui m'attendait à Vongy ne risquait pas de chasser mes idées noires.

Un enterrement de mains molles

Et mes craintes étaient loin d'être infondées. On n'attendait plus que moi pour fermer le cercueil. Je leur savais gré de s'être souvenus que j'étais la fille de Jeanne. Comme toujours, Mémé me prodigua toute la tendresse et l'affection du monde. Mais, en cet instant précis, ce n'était pas suffisant. Car autour de moi, je sens bien qu'on me regarde de travers, que les visages sont fuyants, que les mains sont molles ou moites de mépris. J'ai envie de hurler. Pour un peu, j'ai l'impression que leurs regards courroucés ne s'adressent qu'à moi.

Cette paranoïa n'avait rien de délirant. Mémé, en fin de journée, m'expliqua que toutes ces dernières semaines, ça avait jasé à qui mieux mieux dans tout le village. J'étais une « inconsciente », une « sale petite égoïste », « je me la pétais à Paris » alors que Jeanne souffrait la mort : j'avais « abandonné » ma mère…

Lorsqu'on a cloué le cercueil de Maman après que je l'ai embrassée une dernière fois, j'ai soudainement eu envie de mourir. Je n'avais jamais eu cette sensation horrible auparavant. Mais quand je me suis retrouvée à côté de toute la famille au moment des condoléances, j'avais l'impression qu'un énorme couvercle en fonte venait de m'écraser la face. Au lieu de me consoler, de tenter de me rassurer, les villageois défilaient les yeux baissés et venaient me serrer la main pour la plupart sans ajouter un mot.

Toute ma vie, je me souviendrai de ces trois mégères qui s'agitaient à quelques mètres des tombes. L'une d'elles me montrait du doigt sans aucune retenue en se touchant la tête. Elle était en train de dégoiser sur mon chapeau. Mes moyens ne m'avaient pas permis d'acheter quoi que ce soit avant l'enterrement : je n'avais que cette modeste toque couleur prune pour marquer le deuil et, bien entendu, tous les corbeaux mâles et femelles vêtus de noir pour la circonstance avaient souligné ce détail et considéré que ce chapeau était bien la preuve de mon irrespect pour Maman.

J'ai quitté le soir même Vongy comme on fuit l'enfer. Le retour fut pour moi la pire transhumance de toute mon existence. Je n'ai pas cessé une seconde de pleurer durant tout le voyage. Je tombe alors nez à nez avec Dick, un ami suédois d'une grande beauté qui aurait pu devenir l'amour de ma vie s'il n'avait eu une préférence marquée pour les garçons. Dick ne m'appelait pas Nicole. C'est lui qui m'a rebaptisée en Nicoletta. Mes origines transalpines collent bien à ce nouveau patronyme. À tel point qu'une dizaine de copains me surnomment ainsi depuis quelques mois. Mais ce soir, Nicoletta se moque bien de savoir même comment elle s'appelle. Ce soir, je suis au fond du trou et je sens que rien ne pourra m'en faire remonter.

Une envie d'en finir

Dans un café, près de l'Hôtel de France, un ou deux amis tentent en vain de me mettre un peu de baume au cœur. Rien n'y fait. D'autant que mon ami Dick n'a pas l'air non plus en grande forme. Il vit depuis quelque temps une peine de cœur qui lui déchire l'âme. Lui, qui est d'habitude si gai, fait peine à voir. Je sais qu'il a pour moi beaucoup de tendresse. Le deuil que je porte, il en a immédiatement pris sa part. Je sais qu'il se soigne au Librium pour calmer ses nerfs. Je lui mendie une boîte et nous noyons notre chagrin dans l'alcool. De minute en minute, un sentiment étrange m'envahit. J'ai envie de partir. J'ai envie d'en finir. La vie est trop moche. Je veux retrouver Maman. Je rentre chambre 17 à l'Hôtel de France.

Dans les minutes qui suivent, j'avale quatre comprimés de Librium, puis huit autres et toute la boîte. Ensuite silence radio. Jusqu'à quatre heures du matin où le téléphone mural a sonné. J'ai su par la suite que notre cerveau dispose d'un centre autonome qui continue à réagir même en cas de coma profond. Je ne peux décrire précisément quel a été mon geste. Toujours est-il que j'ai dû avoir une sorte de réflexe de Pavlov en direction de l'affreux téléphone noir, et que j'ai sans doute décroché le combiné d'un geste improbable. Ce geste m'a sauvé la vie…

Je ne saurai jamais qui m'a appelée en pleine nuit. Cet(te) inconnu(e), je lui dois pourtant tout car sans ce coup de téléphone, j'aurais sombré dans un coma encore plus profond et, surtout, la réceptionniste ne serait pas montée pour me délivrer de ce voyage vers l'au-delà. Bref, un ange m'a visitée et je ne sais même pas s'il se nommait Gabriel…

Je ne pourrais dire à quel moment exact je suis sortie de cette nuit de cauchemar. Tout ce dont je me souviens, c'est qu'à mon réveil, j'étais bardée de tuyaux, de sangles, de perfusions et que j'ai eu peur. Très peur. J'ai mis plusieurs heures à réaliser que, quelques jours plus tôt, j'avais accompli la plus invraisemblable connerie de toute mon existence. Inconsciente que j'étais, je n'ai pas pensé immédiatement au fait que j'avais failli mourir : j'étais plus dépitée encore de me voir prisonnière sur ce lit d'hôpital dans cette chambre blanche qui me rappelait la lingerie du Bon Pasteur.

Et puis soudain, j'ai repensé à Maman. Tout était allé si vite. J'ai hurlé, pleuré, hurlé encore jusqu'à ce qu'une infirmière rompue à toutes les excentricités de ses pensionnaires vienne à mon chevet. « Alors qu'est-ce qui se passe ma petite fille ? Tu as l'air bien malheureuse ? » Aucune méchanceté dans son ton. Juste une manière de me faire revenir à la réalité avec douceur.

Des fumigènes dans le cerveau

Durant près d'une semaine qui m'en parut trois, je suis restée ainsi allongée dans une torpeur épouvantable. J'avais l'impression d'être dans un brouillard, comme si on m'avait lancé des fumigènes dans le cerveau. En effet, une semaine après mon entrée aux urgences de Bichat, j'ai vécu ce que les mystiques appellent une « expérience de décorporation ».

Une expérience que, paraît-il, beaucoup ont vécue en frôlant la mort ou en ayant abusé de substances médicamenteuses ou hallucinogènes. J'ai en mémoire ce tunnel où, brusquement, j'ai eu la sensation de sortir de moi-même, de me retrouver en hauteur et d'apercevoir mon corps, ma tête sur ce chariot que l'infirmier dirigeait vers une salle d'examens. Il m'était impossible de parler, de dire quoi que ce soit. Ce que je sais, c'est que personne ne m'enlèvera ce moment de vie : je me suis vue dans un piteux état et, comme si cette sensation incroyable était trop dure à supporter, j'ai regagné l'enveloppe de mon corps exactement à l'image de ce qu'ont montré au cinéma certains réalisateurs. Insensé comme cet instant où j'ai recouvré la sensation de mon corps m'a marquée. Je vous l'ai dit déjà, je suis foncièrement croyante et ce souvenir me conforte au moins dans une certitude : notre esprit, nos pensées sont indépendants de notre être. Notre corps est ce qu'il est, qu'il souffre ou non. Mais la force ou la faiblesse de notre âme est comme une armée de 20 000 hommes avant une victoire ou après une défaite.

Durant un mois entier, je n'ai vu personne, je n'ai entendu personne. Aucune visite. Cela vous paraîtra fou mais, à l'époque, les choses étaient ainsi. On était dingues, on faisait la fête sans arrêt, on s'aimait, on se quittait et ceux que nous pensions nos amis n'étaient souvent que des compagnons de nouba.

Je dois avouer d'ailleurs que je me contrefiche bien de l'amitié à cette période-là. Mon cerveau est dans du coton. J'ai l'impression d'avoir perdu une partie de ma mémoire. J'essaie de temps à autre de soulever mes bras qu'on a eu la gentillesse de désangler. Impossible. Ils pèsent dix tonnes. Je vois tout trop grand ou trop petit. Bref, je ne suis plus tout à fait convaincue de m'appeler Nicole Grisoni. On m'a administré bien entendu quelques calmants. Cela ne m'empêche pas de fondre en larmes lorsque je repense à Maman. Tiens, au fait, Mémé… Je ne l'ai rappelée qu'une fois en arrivant à Paris après l'enterrement. Qu'est-ce qu'elle penserait si elle me savait là ? Aussi étrange que cela puisse paraître, je ne demande même pas à lui parler. Je me sens bien seule dans ma tête.

Derrière la porte métallique

Au bout de deux semaines et demie, je reviens tant bien que mal à la vie. Toujours aucune visite. Quelqu'un est-il même au courant de mon état ? Seules les filles de salle tentent de remonter le moral aux malades ou aux apprenties au désespoir comme moi. Il faut bien tuer l'ennui, alors je m'essaie à la lecture de deux ou trois romans qu'on n'oserait même pas vendre dans les gares. Une infirmière m'en a prêté une pile. Les romans-photos en noir et blanc parviennent à m'arracher mon premier sourire.

Un matin où le docteur Dupuis me trouve debout dans ma chambre tout habillée prête à m'enfuir, il me somme de le suivre et me dit : « Vous n'êtes pas encore assez en forme pour sortir. Voulez-vous savoir à quoi vous avez échappé ? » Moi, pas bravache pour deux sous, je réponds : « Non, non, ça ne m'intéresse pas. — Ah oui ? On va voir si ça ne vous intéresse pas… » Il ouvre une porte métallique face à lui et me pousse à l'intérieur d'une salle exiguë.

Je n'ai aucun goût pour le trash, donc je ne décrirai pas dans le détail ce que j'ai vu ce jour-là. Mais, devant moi, un jeune homme qui devait avoir à peine quatorze ans était allongé sur un lit entouré d'un arsenal hallucinant d'appareils médicaux en tous genres. Dupuis, en sortant, m'avait expliqué que le cas de ce jeune homme était désespéré. Son cerveau, endommagé par de graves lésions, allait bientôt l'abandonner. J'ai pleuré bien sûr en écoutant les explications du professeur mais j'ai compris instantanément la leçon.

15

« Ce qui ne détruit pas rend plus fort. » Cette phrase de Nietzsche, que j'ai citée au début de ce livre, j'aurais aimé l'avoir en tête à ma sortie de l'hôpital. Quatre semaines après ce suicide raté, les soins attentifs à Bichat et l'aide presque affectueuse du Pr Dupuis m'ont permis de retrouver un semblant de force. Mais je dois reconnaître que je manque de repères et de lucidité.

Quelques jours avant ma sortie, j'ai eu enfin le courage d'écrire à Mémé. Impossible de lui dire précisément ce qui s'était passé. En revanche, je lui explique que j'ai effectué un long séjour à Bichat. Je ne réalise pas qu'elle doit avoir le cœur gros en lisant ma lettre un mois après avoir perdu sa fille, ma mère. Ce n'est que bien après que j'avouerai la vérité à ma grand-mère. Je crois lui avoir dit texto cette phrase au téléphone : « Tu sais, Mémé, en fait j'ai tenté de me suicider, mais ce n'est pas grave... » Elle m'avait demandé de répéter ce que je venais de dire. Moi, prenant conscience de ce que j'avais prononcé, je m'en étais tiré par une pirouette du style : « J'étais tellement mal, Mémé, que j'avais presque envie d'en finir... » Elle n'était pas plus rassurée pour autant.

Je n'étais pas belle à voir à la sortie de Bichat. À une assistante sociale, je signe mon bon de sortie, car je ne veux pas partir en maison de repos comme on me le propose. J'ai filé tout droit un peu hébétée en songeant à peine que je n'avais même pas en poche de quoi boire un café. J'ai mal à la tête et je titube un peu. J'ai perdu l'habitude de marcher simplement dans la rue. Mes jambes sont couvertes de cicatrices et de bleus occasionnés par les courroies. J'ai un peu honte. Je sors de la douche, pourtant je me sens sale et repoussante.

Je passe alors devant une grande brasserie où quelques jeunes sont attablés. Je ne me reconnais pas. J'entre dans le restaurant et les accoste sans me poser de questions : « Je suis toute seule... Je vous en supplie... Emmenez-moi à mon hôtel, je ne vous demande rien d'autre... » Ce sont de braves jeunes gens. Ils sont loin d'avoir fini de dîner. Pourtant, ils se lèvent tous en même temps, émus peut-être par ma détresse qui est on ne peut plus sincère. Ils m'invitent à monter dans leur voiture et je m'endors durant le court trajet. Parvenue à l'Hôtel de France – merci les filles et les garçons, vous avez été bien chic –, je me traîne jusqu'à la réception où le taulier me réserve l'accueil qui sied à l'indésirable que je suis devenue.

« Pas question de vous rendre vos affaires ! Vous êtes partie et avec les pompiers, cela suffit comme ça... Vous me devez une semaine et, en attendant, vos vêtements sont dans votre valise au chaud à la cave ! Si vous voulez tout récupérer, vous savez ce qu'il vous reste à faire... » Je n'ai même pas la force de pleurer encore. Je lui demande la permission de m'asseoir dans le hall. Comme c'est gratuit, il accepte. En cinq minutes, je m'endors lourdement. L'instant d'avant, je me remémore les paroles réconfortantes du Pr Dupuis. Pourtant, dans la même seconde, une pensée horrible me vient à l'esprit : peut-être aurais-je mieux fait de ne pas me rater...

Un ange nommé Miloud

Mais cette vie a toujours mis un ange sur ma route : ce soir-là, il a pour nom Miloud. Dans le temps, les réceptions des hôtels des 5e et 6e arrondissements sont aussi fréquentées que certaines terrasses de cafés. On s'y donne rendez-vous fréquemment. Miloud est passé voir un ami à l'Hôtel de France. Il me secoue gentiment et me sort de ma torpeur. « Nicole ! Qu'est-ce que tu fais là dans ce vestibule ? Tu n'as pas froid ? » Imaginez la scène. Aux pieds, deux mules en velours, mules parce que j'ai une escarre au talon droit, et une modeste veste écossaise sur le dos alors qu'à l'extérieur de petits flocons annoncent une nuit rude. Miloud, étudiant de l'école hôtelière de Thonon, je l'ai connu à Évian, au Muratore où de temps en temps j'attrapais le micro dans un orchestre suisse. Il vient d'acheter une affaire à trois cents mètres de là, rue Champollion : le Socket's Bar. Et il me propose tout de go un job de serveuse. Je suis OK ? Tu parles que je suis OK ! Mais allez, avoue Miloud, mon pote algérien, maintenant qu'il y a prescription. Avoue que ce soir de décembre, tu descendais directement du ciel, non ?

Ce ciel qui a eu pitié de moi va me permettre de passer mon premier Noël parisien au chaud au milieu des fêtards, entre flûtes de champagne, guirlandes et cotillons. Ma seconde famille sera celle des noctambules. Durant trois ans, je joue la vestiaire, la serveuse et la disquaire au Whisky Sour et au King's Club.

Je fais la connaissance, entre 1964 et 1966, de trois princes de la nuit, trois comédiens et chansonniers de légende qui m'ont transmis leur joie de vivre et dont j'admirais la truculence et la gentille rouerie : Hubert Deschamps, inimitable lorsqu'il était accoudé au bar et refaisait le monde ; Henri Tisot, une mine de culture et bien plus classieux qu'on a laissé l'entendre ; Jean Tissier, extraordinaire conteur et savoureux déconneur.

Hubert, Henri et Jean, merci d'avoir voulu être chacun un peu mes trois papas des âmes de Saint-Germain.

C'est un moment de vie magnifique où on sait offrir son temps et où il n'est pas besoin d'être milliardaire pour décréter une fiesta. On s'entraide en cas de coup dur. L'argent n'est pas une obsession et la fin des trente glorieuses est encore loin. Le chômage ? Connais pas. Si tu es débrouillard, sympathique et poli, tu peux trouver un job. Oh, pas le Pérou mais nourrie à ta faim, avec une trentaine de francs par nuit, tu trouves une petite chambre et tu as de quoi manger au réveil et te payer une séance de cinéma. Que demande le peuple ? Je ne sais pas. Nicole Grisoni, elle, à cette époque, ne demande rien d'autre !

J'ai une envie folle d'oublier les années noires. Je n'aspire qu'à deux choses : m'amuser et rigoler. Les occasions ne manquent pas. Hervé, qui est l'un de mes copains préférés, a trouvé une magnifique planque, un soi-disant HLM de la Ville de Paris que lui a prêté un bon ami, mystérieux globe-trotter. Il m'invite à le partager avec lui. C'est l'oiseau rare de la bande, on est tous fiers de lui, Claudie, Alain et les autres… Et pour cause : il est le chanteur numéro un à la mode avec son fabuleux « Capri c'est fini… », qu'il vient d'écrire. Mais Hervé Vilard n'a toujours pas perçu ses droits d'auteur, et continue d'être fidèle à notre vie de bohême. Tous les deux, on organise dans ce vaste appartement du boulevard Gouvion-Saint-Cyr des surprises-parties à la mode auberge espagnole. Comme nous n'avons pas un franc devant nous, chaque invité apporte de quoi faire rire l'estomac et la tête. Et pour rire, ça, on rit !

Une orgie de savonnettes

Hervé et moi, les copains partis, nous prenons chacun à notre tour des bains somptueux à faire pâlir Julia Roberts dans *Pretty Woman*. Notre globe-trotter rapporte de chacun de ses périples des tonnes de minisavonnettes dont il fait une amoureuse collection. Ingrats que nous sommes. Elles finiront toutes dans la baignoire et au fur et à mesure qu'elles glissaient dans nos mains et que la coupelle se vidait, on était morts de rire en imaginant la tête de notre globe-trotter découvrant le désastre. Sa collection de savonnettes était morte. Franchement, avec les quatre ou cinq francs qu'il nous restait le plus souvent dans notre porte-monnaie, il ne nous serait même pas venu à l'idée d'acheter du savon de Marseille.

La fête à l'appartement terminée, elle continuait le lendemain soir en boîte de nuit où, en fait, je n'ai jamais eu l'impression de travailler. On se battait pour la conquête du micro. L'un des plus farouches assaillants, c'était Richard Bohringer, encore tout minot, qui était déjà fidèle à sa légende : c'est-à-dire très allumé dès le début de soirée. Richard était un formidable copain que tout le monde adorait sauf lorsqu'il s'emparait du micro tel le barde Assurancetourix : « Non, pas toi Richard, tu chantes trop mal ! », criions-nous tous sans vouloir le blesser. Car c'était beau Richard la nuit…

16

Après une vingtaine d'années de galères en tous genres, je goûtais enfin au lait et au miel. Et, franchement, je n'avais pas l'intention de m'arrêter. J'étais aussi en train de réaliser que moi qui avais tant versé de larmes, je ne vivais plus que fous rires à répétition. Ce dont je n'avais nulle conscience, c'est qu'en m'adonnant à des bœufs au Bilboquet jusqu'à parfois sept heures du matin, je faisais aussi mes gammes. Mon être conscient swinguait sur scène dans une folle sarabande rythm'n blues tandis que mon inconscient me préparait à des échéances on ne peut plus sérieuses.

Love and peace et Miss Beatnik

Au début de l'année 1966, je n'avais pas encore vingt-deux ans. Il suffisait alors de prononcer deux mots magiques pour voir ma mine boudeuse s'éclairer : « Bus

Palladium ». Des nuits entières à se démener sur la piste de danse, à chanter, à crier. Carburants autorisés : vodka orange, Piper, whisky Coca... Carburants prohibés (mais officiels) : fumette à tout-va... Ne pas oublier qu'on était la génération Love and Peace. Je me souviens d'une soirée démente où la jolie Stone, avant d'être accolée à Éric Charden, était devenue, au grand dam de dizaines d'impétrantes, Miss Beatnik. Le Bus, ce soir-là, était aussi chaud qu'une finale de la Cup à Wembley.

Mais la fiesta, ça va un temps, surtout lorsqu'on a un tant soit peu d'ambition. À ce moment-là, je pensais plutôt à me reconstruire. La tempête me semblait déjà loin mais je sentais bien que si d'aventure la chance venait à me lâcher, je pouvais dès le lendemain regagner mes pénates. Non pas que je ne connaissais plus les vaches maigres, mais au moins je mangeais à ma faim, j'allais au cinéma et je ne dormais plus jamais dans un hall d'immeuble. C'était déjà ça...

J'avais aussi presque tous les soirs l'exemple d'Hervé Vilard qui était issu du même milieu que moi et qui s'était fait tout seul en quelques mois. Dans ma petite tête, l'équation était simple : si Hervé y est arrivé, je peux y arriver aussi. Et voilà qu'Hervé gentiment joue les grands frères et m'inscrit aux auditions Philips qui avaient lieu une fois par mois. Je me pointe là-bas avec mes trois pauvres titres de blues en anglais alors qu'ils attendent des chansons en français. Mon audition se passe mal, j'en essaye une en français de Nana Mouskouri, c'est une catastrophe, je suis refusée. Hervé me console. « Tant pis ! Je recommencerai. Je serai une grande star et j'aurai les plus beaux mecs de Paris à mes pieds », vais-je lancer à Hervé à mon retour. Il acquiesce et on éclate de rire !

Mais cette audition avortée a ouvert une brèche en moi. Je me mets une nouvelle fois à rêver comme je l'avais fait cet après-midi d'été où je vendais mes glaces face au Casino d'Évian : et si, un jour, c'était moi sur l'affiche à la place de la star ? Je pouffe car je me trouve ridicule. Je sens bien qu'il y a un monde entre mes délires nocturnes en boîte et la carrière de chanteuse. En revanche, le destin sait, lui, vous prendre au mot. C'est ce qui arrive une nuit où par hasard, je commence à discuter avec Richard Bennett, bassiste de son état et également directeur artistique de Nino Ferrer. J'ai déjà eu une touche avec un proche de Johnny, Lee Hallyday, mais cette fois, c'est du sérieux. Bennett m'a entendu bœufer et affirme vouloir s'occuper de moi. Je me méfie comme toutes les filles qui savent par cœur quand on commence à leur faire du boniment. Mais lui a l'air carré et décidé. Je n'y fais pas plus attention que cela et au petit matin, j'ai déjà oublié. Pas lui.

Alors que je suis partie à Vongy embrasser ma Mémé adorée, Bennett m'envoie un télégramme à l'Hôtel de France. Il me convoque à une audition et me demande de lui téléphoner d'urgence. Sauf qu'à mon hôtel, traîne une jeune femme que je croyais être mon amie. Comme dans un mauvais conte de fées, cette sorcière s'empare du télégramme à la réception en prétextant qu'elle va me le remettre, l'ouvre, en prend connaissance et le jette dans la petite poubelle de sa chambre. À mon retour, deux jours plus tard, je la croise, elle m'embrasse et m'invite à venir boire un verre. « Entre, tu veux un Coca ? Ah oui, je voulais te dire… Tu as reçu un télégramme. Je l'ai déchiré : rien de vraiment important. Un certain Richard Bennett qui demandait après toi… » Si j'avais eu une tronçonneuse, la Clara, j'en aurais fait de la charpie. « Mais ça ne va pas ma petite ? », vais-je lui hurler. En fait, Miss Clara était réputée pour sa jalousie mais elle venait de dépasser les bornes.

Un contrat d'option

Renseignements pris sous la menace de mes yeux furibonds, je me précipite pour appeler Bennett qui me donne rendez-vous dès le lendemain dans des studios près du métro rue Montmartre. À part pour aller au Bus Palladium, la petite provinciale que je suis n'est pas souvent sortie de son Saint-Germain-des-Prés. On ne peut pas dire que je suis encore totalement déniaisée. Je crains le pire. Et si ce type n'avait rien à voir avec la musique ? Et si c'était un trafiquant ? Un proxénète ?

À l'époque, on parle énormément dans les journaux de la traite des blanches. Je sors de la bouche du métro terrorisée d'autant que le quartier ne m'inspire pas confiance. Il ne m'a pourtant monté aucun bateau. Entre une crêperie et un vendeur de marrons chauds, je me plante devant une plaque « Compagnie européenne du Disque ». Cette fois-ci, on ne me la fera pas. Je connais sur le bout des ongles un titre d'Elvis. Deux étages plus haut, un vieux moustachu aux favoris grisonnants me fixe avec compassion. C'est parti. Je suis mal à l'aise, morte de trac. Bennett se tient derrière la vitre. Je sens que c'est fichu. Je viens de me planter sur le couplet. Y a-t-il un dieu des rockeurs pour me venir en aide ? J'ai l'impression que je suis en train de jouer ma vie. Il faut que j'arrive au bout et là, j'envoie tout comme si j'étais au Madison Square Garden. Pour qui je me prends ? Je deviens dingue ou quoi ? Bennett a les bras croisés. Il sort de son antre. Je suis glacée. Je vais mourir. D'un seul coup, sa face de cow-boy se déride. Il a un instant le sourire de Montgomery Clift dans *Tant qu'il y aura des hommes.* « Bon, Nicole, on va vous signer un contrat d'option de six mois », me dit-il tranquillement comme si c'était pour lui une évidence. « C'est pas vrai ?! Un contrat ? Pour moi, c'est sûr ? » Bennett se met à rire de bon cœur. Il me confirme en quelques mots que je viens de pénétrer dans le monde merveilleux du show-biz et que j'en prends soit pour six mois, soit pour la vie !

17

Ce que je ne sais pas, c'est que les Disques Riviera sont une sorte de succursale de Barclay à l'époque. Toutes les grandes maisons de disques organisent ces années-là des auditions mensuelles : Philips, RCA, Vogue, Pathé Marconi et bien sûr Barclay. En signant chez Riviera, je me suis rapprochée du saint des saints. Si je recroise un jour le beau James Arch, l'un des deux patrons du Bus, je ne pourrais m'empêcher de lui claquer un énorme bisou tant je dois à son lieu de perdition !

Je n'étais pas peu fière de m'en retourner dans mon Saint-Germain adoré avec mon contrat signé et plié en quatre avec précaution. Ce petit parchemin, je le savais désormais, allait m'ouvrir les portes du paradis. Et le soir même, je convoquais tous mes amis au Flore. Impossible pour moi de faire durer le plaisir : « J'ai signé un contrat d'interprète. Je n'ai pas l'argent pour fêter ça au champagne, mais j'accepte que vous buviez un café ou une limonade à ma santé. Cette nuit, c'est moi qui régale ! » Tous m'avaient regardée comme une demeurée. Un contrat de chanteuse ? Bien sûr et pourquoi pas le tiercé dix fois dans l'ordre aussi ? J'avais bluffé les plus incrédules d'entre eux quand j'avais sorti de la poche de mon manteau le précieux document : « Et ça alors, c'est de la poudre de Perlimpinpin ? » Les semaines passent et toujours pas d'enregistrement en vue. Je retrouve comme par miracle Françoise ma meilleure amie au Flore qui, comprenant que je suis encore en galère, m'offre de m'héberger chez elle dans son deux pièces d'étudiante alors qu'elle débute ses cours en Sorbonne.

Un barbu fiévreux

Je continue de travailler la nuit et de faire des bœufs au Bus Palladium. Un soir, dans ce club, je quitte la scène quand un monsieur barbu m'attrape par le poignet, me tend sa carte de visite et fiévreusement me dit : « Mademoiselle, cela fait vingt ans que je cherche une fille comme vous. » Ce monsieur, c'est tout simplement Léo Missir, le talent scout de génie d'Eddie Barclay, celui qui a travaillé avec les plus grands. Un découvreur hors pair, musicien de jazz dans l'âme dont l'oreille est réputée sur la planète entière et qui s'occupera de ma carrière jusqu'à ce que la compagnie soit vendue à Polygram. Je le toise et lui demande de se présenter. Lorsque je comprends à quel point je me suis montrée arrogante, il me parle de contrat, de signature, de carrière... Et moi, avec l'insolence de mes vingt-deux ans, de lui rétorquer : « Un contrat chez Barclay ? Mais j'en ai déjà signé un de six mois chez vous ! »

Ce léger malentendu ne perturbera pas la suite de ma carrière. Ce que je viens de raconter est à l'image de ces années totalement démentes où la paperasse était le cadet des soucis d'un tas de gens. Et en premier lieu de nombreux producteurs peu scrupuleux. Ce n'était pas du tout le cas de Léo Missir ni de Barclay qui était déjà le bon papa gâteau qu'il resta jusqu'à la fin de notre collaboration et qui protégea toujours ma carrière et mes débordements. Eddie, on pouvait se fâcher avec lui, bien sûr, mais on parvenait toujours à se raccommoder. J'ai adoré Léo et aimé profondément Eddie pour cinquante raisons parce que ces grands messieurs avaient avant toutes choses un immense respect pour les artistes. Et aussi parce qu'ils ont révolutionné ma vie.

Monsieur Barclay

Un soir au Kings, j'avais osé me planter devant Eddie alors qu'un aréopage de jeunes femmes superbes l'entouraient. « Bonjour Monsieur Barclay, je m'appelle

Nicoletta. Vous savez que j'ai un contrat chez vous ? », lui avais-je lancé en le défiant yeux dans les yeux (partie de son individu qui n'était pas la plus vilaine). De sa voix inimitable, havane aux lèvres, il m'avait répondu : « Ah oui ? C'est drôle, ça... J'aime beaucoup les filles comme toi. On se reverra... » J'aurais déjà vendu un million de 45 tours que Barclay ne m'aurait pas plus considérée. Non pas qu'il ait eu la grosse tête, mais la jeune Nicoletta venait à peine de franchir le barrage de la Formule 3 alors que son écurie gagnait tout en Formule 1.

Je n'ai guère l'intention d'écorcher la légende : Barclay était le grand seigneur qu'on a souvent décrit, le pape du microsillon, un vrai prince qui ne rechignait jamais à la dépense pour enchanter le monde. Il me semble inutile de conter à mon tour les fêtes babyloniennes qu'il organisait et qui restent pour moi parmi les plus grandes parties de rire et de rêve que j'ai pu vivre jusqu'alors. Je serai donc toujours la première à défendre Eddie si tant est qu'il puisse être attaqué un jour.

Mais me revient cet instant inoubliable où Barclay m'avait revue quelque temps après notre première rencontre. Cette fois-là, Missir m'avait présenté à lui un peu plus officiellement. J'avais eu l'audace folle de parler d'argent devant eux pour la première fois. Il faut me comprendre : primo, j'étais fauchée comme les blés ;

deuxio, je n'étais pas encore très dégrossie de mon Vongy natal ; tertio, je ne connaissais pas très bien les us et coutumes du métier. Mais diable ! je n'avais pas encore reçu le moindre fifrelin. « Qu'à cela ne tienne ! », s'était écrié Barclay qui avait sorti immédiatement une splendide pince à billets en argent de sa poche et, d'une liasse, avait extrait un billet de 500 F. Cinq cents francs ! Vous n'imaginez pas le choc pour une jeune fille de mon âge. C'était la première fois que j'apercevais un « Pascal » et... il m'était destiné. Byzance ! « Merci, Monsieur Barclay, ça c'est vraiment chou ! » Lui s'était déjà évanoui dans la nuit tel Rudolf Valentino en cheikh majestueux et étranger aux contingences terrestres. La bonne blague ! Un an plus tard, sur mon premier relevé de royalties, figuraient ces mirifiques cinq cents francs. Ils m'avaient été retenus au titre d'une avance sur droits. J'ai préféré en sourire et compris pourquoi un ami m'avait conseillé de me tanner le cuir : « Tu verras, ma chérie, dans le show-biz, personne ne te fait jamais aucun cadeau ! » Je n'avais plus besoin d'attendre. J'avais vu...

Une moto qui démarre fort

Mars 1967 marque mes grands débuts avec la sortie d'un super 45 tours de quatre titres dont on peut revoir un scopitone sur mon site Internet, « L'homme à la moto », la célèbre chanson immortalisée par la grande Piaf qui s'est éteinte quatre ans auparavant. Je revois aujourd'hui ce scopitone en noir et blanc, ancêtre du clip, avec une certaine nostalgie et une grande émotion qui se changent vite en autodérision, car c'est une vraie catastrophe à tous points de vue. Réalisation, mise en scène, décors, habillement... À l'époque, je trouvais cela magnifique. Mais subsiste un détail important. Je suis une petite nouvelle avec mes cheveux sur le front, ma tunique blanche et mon pantalon noir moulant. Je l'ignore mais le scopitone est diffusé dans des tas de cinémas via le circuit habituel Gaumont et Pathé. Gros bouche à oreille et... 60 000 45 tours vendus en quelques semaines. Succès immédiat également sur les ondes. Dès le premier simple, Europe n° 1, RTL, France Inter, Radio Monte Carlo et Radio Andorre sont tous acquis à ma cause. Bref, ça démarre fort. Très fort. Il faut dire que les disques Barclay, qui ont pris le relais de Bennett, ont mis le paquet grâce au blues que m'a offert Nino Ferrer, « Pour oublier qu'on s'est aimés », que toutes les radios diffusent.

18

De toute façon, ce billet de 500 F, Barclay ne va pas le regretter car deux mois plus tard sort mon second simple : « La musique ». Succès énorme et n° 1 au hit-parade durant tout l'été. Ce titre va me suivre tout au long de ma carrière. À tel point qu'en 2000, « La musique » devient le titre fétiche de la première édition de « Star Academy » sur TF1. Je suis invitée à l'interpréter sur le plateau en direct en compagnie des quatre finalistes dont la sympathique Jennifer qui a fait du chemin depuis.

C'est toujours agréable de chanter devant une salle survoltée et, accessoirement, plusieurs millions de téléspectateurs. Je vis ce soir-là une belle émotion d'autant que Nikos Aliagas se montre fort courtois en criant dans son micro avant ma prestation : « J'adore Nicoletta ! » Ce garçon est sincère, j'en suis totalement convaincue. Il se lâche souvent en direct mais ce samedi soir-là, je lui suis reconnaissante d'avoir tout fait pour me mettre en confiance. Car, malgré quelques années au compteur, j'ai ressenti durant ces trois minutes une pression énorme. Pourquoi ne pas dire que j'étais largement aussi émue que mes jeunes coreligionnaires. Résultat des courses : « La Musique », qui est passé de l'antique 45 tours au CD single, s'envole à plus d'un million d'exemplaires grâce à eux, d'autant que TF1 en a fait son générique.

Me croirez-vous si je vous dis qu'un matin mon banquier m'appelle pour me féliciter de ma gloire retrouvée et me propose un rendez-vous pour placer les sommes que cette aventure va me rapporter. J'éclate de rire, car voilà bien l'injustice du show-biz : je n'ai pas touché un seul centime sur ces ventes. Lorsque nous ne signons ni la musique ni les textes d'une chanson, nous ne percevons rien. Mais je trouve formidable que ma copine Anne Gregory touche à nouveau des droits car elle élève un fils toute seule et elle mérite bien ce coup de soleil.

Vous permettez, Monsieur ?

En août 67, je vis le premier grand été de mon existence. Au réveil comme au coucher, je me pince pour savoir si je ne délire pas. Eh non, je ne délire pas : je suis bien une artiste Barclay qui, en moins de six mois, vient de vendre plusieurs centaines de milliers de 45 tours. Et mon troisième simple ne déroge pas à la règle. Johnny Hallyday qui est déjà une vedette consacrée en ce temps-là devait enregistrer la version française du hit mondial des Procol Harum, « A whiter shade of pale ». Il y renonce et c'est moi qui m'y colle pour son plus grand plaisir : ce seront « Les orgues d'antan », un nouveau carton chez les disquaires.

J'avais démarré mon existence dans un film d'épouvante, je la poursuis par un conte de fées. Le soir, ce n'est plus la fiesta mais la bamboula au Bus ou au King's Club : Claudie, Françoise, Hervé Vilard sont fidèles au poste. On est jeunes, en vie et on le démontre tous les soirs. Se joint à nous Christophe qui n'était à l'époque pas le dernier des Bevilacqua à faire la fête !

Mais le conte de fées se déroule aussi dans ma vie professionnelle. Je débute alors d'octobre à novembre ma toute première tournée avec l'idole absolue – ce que les moins de 60 ans ne peuvent pas comprendre – , qui fait salle comble à chacun de ses récitals : Adamo. Une crème d'homme, affectueux, bienveillant, prévenant. Je partage la première partie avec un autre garçon adorable, Michel Fugain – désolé : je n'y peux rien si, après m'avoir fait manger mon pain noir, le destin a mis sur ma route des personnalités aussi délicieuses. De plus, il a chanté l'un des plus beaux titres de la chanson française, « Je n'aurai pas le temps », et rien que pour cette raison, je lui tire mon chapeau bas. Quant à Adamo, je lui dois beaucoup pour avoir eu la bonté d'offrir à une débutante des leçons aussi précieuses : respecter le public en lui consacrant une séance de dédicace après chaque récital, ce que je fais en l'imitant depuis, et toujours écouter les critiques des pros à la fin d'un concert. On ne sait peut-être pas à quel point il était respectueux des spectateurs dont certains oublient trop souvent que ce sont eux – et eux seuls – qui nous font vivre…

Un ami m'a raconté que Michel Serrault était fait du même bois. Il m'avait raconté ainsi l'engueulade monumentale que s'était prise un comédien au Théâtre du Palais-Royal avant une représentation de la mythique *Cage aux folles* avec son ami Jean Poiret. Un comédien s'était écrié avant le lever du rideau : « Oh, ils peuvent bien attendre. Après tout, on les emmerde ! » Colère noire de Serrault qui avait failli le gifler et lui avait donné durant cinq minutes une belle leçon de générosité. « Le public est roi, mon petit ami. Et si vous n'en êtes pas conscient, il vaudrait alors peut-être mieux songer à changer de métier ! » Anecdote magnifique tant elle me rappelle Adamo expliquant que ceux qui venaient nous applaudir étaient sacrés. À mon tour, je n'ai jamais oublié la leçon.

Durant cette tournée, j'allais vivre l'un des moments les plus importants de ma vie. Et aussi, comment puis-je oublier que je le dois à ce cher Adamo. Les quinze jours vécus à l'Ancienne Belgique, le temple de la variété bruxelloise, étaient un vrai cadeau pour moi qui, un an auparavant, n'aurais jamais pu imaginer que je chanterais un jour devant plusieurs milliers de personnes. Adamo m'a fait confiance et m'a offert un tremplin inespéré pour la suite de ma carrière. Salvatore, je t'en serai toujours reconnaissante.

Le grand Jacques

Cette première tournée avec Adamo et Fugain a été déterminante pour la suite mais elle m'a aussi permis de faire l'une des plus belles rencontres de ma vie. Un soir, à Dijon, débarque dans ma loge Charley Marouani, l'une des légendes du show-biz. Je connais son nom mais ne l'ai pas encore rencontré. C'est un autre Marouani, Félix, qui s'occupera de ma destinée. Du moins pendant un certain temps.

Moment énorme. Inoubliable. Je suis assise devant ma glace et je tente de garder une contenance. Je fais mine de me maquiller mais, en fait, je regarde dans le miroir Charley posté derrière moi, l'air un peu goguenard : « Tu as intérêt à être bien ce soir ! Tu sais pourquoi ? » Non, mais je sens que je vais le savoir. « Jacques vient te voir… — Qui ça Jacques ? vais-je répondre fébrile. — Quoi, qui ça Jacques ? Je ne connais qu'un Jacques… Brel, bien sûr. »

Alors c'est la panique immédiate. Mais une angoisse mêlée à une immense joie. Un sentiment qu'on ne peut réellement exprimer. Je suis une fanatique de Brel. Une inconditionnelle. Je connais la plupart de ses chansons par cœur. Souvent, alors que j'étais au bord du désespoir, ses textes que je me repassais dans la tête m'empêchaient de sombrer. Charley Marouani m'explique alors que Brel a vu *L'Homme de la Mancha* à Broadway, qu'il est tombé fou amoureux de cette comédie musicale et qu'il a l'intention de la monter à son tour. Il est venu à Dijon pour me proposer le rôle de Dulcinea... Eddie lui refusera l'offre décrétant qu'il m'avait signé pour que je fasse des grosses ventes de disque et non pas du théâtre lyrique.

Battements de cœur à cinq cent mille pulsations minute... Grosse chaleur... Trac maximal... Ne pas oublier qu'en 1966, Brel avait fait ses adieux à l'Olympia lors d'un récital mythique. Léo Missir m'y avait invitée. Deux heures bouleversantes et magiques. Deux heures qui ont peut-être fait pencher ma vocation. À ses adieux, j'ai pleuré comme des dizaines d'autres personnes dans la salle. J'ai assisté dans ma vie à plusieurs centaines de concerts, récitals ou tours de chant. Les trois seuls artistes qui m'ont emporté l'âme sont des number one absolus et Brel en fait bien sûr partie. Les deux autres sont aussi des génies : Astor Piazzola et Ray Charles, et pour ce dernier je m'en voudrais de ne pas y revenir...

Brel au premier rang

Nous passerons sur ma prestation dijonnaise. Je ne fus pas nullissime mais de savoir que le maître était à quelques encablures de moi, là tout près aux premiers rangs, permettait à mon émotion de se déployer mais peut-être pas de donner toute la mesure de ma voix. Il n'empêche qu'à Dijon nous faisons un tabac. Est-ce la présence de Brel qui électrise la salle ? Je ne saurais dire. En sortant de scène, je me cogne à lui, j'éclate en sanglots, je ne m'étais pas trouvée terrible, il me tend son mouchoir et me dit comme à une petite fille : « Ne pleure pas, allons... » Il me tutoie comme un grand cousin belge qui ne m'aurait pas vue depuis un bail. « T'étais très bien, très très très bien ! Et puis t'as une voix formidable, hein ! Bon, tes chansons, faudra revoir un peu les textes mais à part ça, c'est très bien, je t'assure. »

OK... Ça va... C'est bon maintenant, réveillez-moi. Brel. Brel Jacques. Jacques Brel. Le Jacques Brel en personne qui est descendu une heure de son Olympe et qui vient perdre son temps dans ma loge de débutante pour me dire en résumé que je peux persister, que je ne suis pas une tocarde et que j'ai même un peu de talent. Non, c'est bien ce que je demandais à l'instant : réveillez-moi, ça devient sadique. Imaginez que deux ans auparavant, une mère supérieure nous hurlait que nous étions « prisonnières de nos viscères », qu'auparavant encore une directrice de collège martelait que j'étais « irrécupérable », et voilà que l'immense Brel venait de me dire ces mots gravés dans mon esprit pour l'éternité : « Tu étais très bien… »

19

Autant dire que pendant plusieurs semaines, je suis sur un petit nuage. Autant dire aussi que je ne me prive pas d'appeler Mémé pour lui dire toute ma fierté. Comme toujours, ma chère grand-mère me ramène à la réalité sans me refuser sa tendresse : « Ma Nicole, bien sûr que je suis fière pour toi. Mais ne t'enflamme pas. Pourvu que ça dure mais, entre tes velléités et le milieu où tu évolues, je n'ai guère confiance et je suis obligée de te le dire… Maintenant, Brel, dis-moi, c'est quand même pas rien ! » Je connaissais si bien Mémé. Je savais pertinemment que je venais de lui procurer une grande joie mais je sais aussi que personne ne m'a mieux aidée qu'elle chaque fois qu'elle me faisait un peu redescendre sur terre.

Car dans le show-biz, un parangon de modestie peut se métamorphoser en quelques semaines en un mégalomane galopant. J'en ai vu tellement de ces artistes qui ont vite pris le melon, à tel point que dans certaines soirées, Barclay aurait pu ouvrir un négoce de fruits et légumes. Quand mon premier 33 tours est sorti en septembre 67, je n'ai pas hésité à exiger la présence du grand Jacques et d'y inclure une reprise de « Quand on a que l'amour ». Missir lui fait écouter le résultat. Il a beaucoup aimé et m'a invitée à un reportage photos avec lui lors du tournage au Vézelay de son film *Benjamin le bienheureux*. Quelle générosité ! J'ai compris alors qu'il avait voulu m'aider pour ma « promotion » et bien montrer qu'il validait mon interprétation.

Ray me cherche le pouls

Je m'envole vers le Canada où l'album « La musique » sort simultanément. Et là – merci Monsieur Eddie Barclay –, je rencontre la même année que Brel une seconde légende de la musique : Ray Charles himself. Émerveillement absolu face à ce magicien qui s'adresse à vous avec cette voix si suave en vous tâtant le poignet comme si, en sentant votre pouls, il touchait un peu votre âme. Je ne me la joue pas. J'ai l'impression d'être une toute petite chose. Lui qui ne me voit pas, comprend très vite que je parle anglais à peu près aussi bien qu'une vache andalouse mais sent tout de suite que je ne triche pas.

En effet, j'étais devenue une « real fan » et j'avais demandé à Missir de pouvoir assister à son concert à Montréal. Le hasard fait que nous sommes représentés par la même agence artistique là-bas, les Latraverse. Nous assistons au concert : il apprend qu'une artiste d'Eddie Barclay veut le rencontrer. Il nous invite dans sa loge grâce à Eddie qui est un passe-droit international. La glace est rompue, il nous reçoit comme des amis. « Ok, you work with Eddie, come to diner with us in a chinese restaurant. . Me voilà face à Léo à table, à droite d'une de mes stars préférées depuis toujours parlant de soul music, d'Elvis, de Piaf qu'il adorait, et avant de nous séparer, me demande de lui laisser mon « long playing », « long jeux » disent les Québécois ; Traduisez : mon enregistrement. Et aussi mes coordonnées. Il voulait vraiment savoir comment je chantais.

Mais il n'était pas question pour moi de regagner aussi vite la rue Jean-Jacques-Rousseau où je vis dans mon premier studio, après m'être retrouvée face à un tel monument. J'avais besoin de grands espaces et, puisque je commençais à avoir un peu d'argent de poche, j'explique à Missir que je vais aller visiter New York. « Pas question ma petite fille. Tu finis ta promo ici et on rentre à Paris. On a du pain sur la planche. »

Je suis Bélier ascendant obstinée. Aussi je m'engueule vertement avec Missir qui est loin d'être un négrier, plutôt un homme à l'écoute. De guerre lasse, il me dit en me rendant mon passeport. « Je ne peux pas t'empêcher de vivre ta vie. Allez pars, mais fais attention à toi. » Le lendemain, je prends le premier avion pour la Grosse Pomme. Je me paie même la suite de Judy Garland à l'Hôtel Saint Moritz on the Park près de l'Hôtel Plazza et tombe, par le plus grand des hasards, sur l'épouse d'un des Compagnons de la Chanson qui fait du lèche-vitrines. Deux jours plus tard, elle m'a présenté à toutes ses copines et, surtout, m'ouvre les portes du Ed Sullivan Show. Sans logistique, sans attaché de presse, sans producteur, simplement par chance et par culot, Nicoletta, 23 ans, artiste française riche de douze titres, est présentée par le Drucker américain comme le nouveau grand espoir de la chanson française. Retour à Paname. Un quatrième 45 tours avec une chanson remarquable écrite par Eddy Mitchell, « L'amour me pardonne ». Eddy-la-classe, une sorte d'aristocrate du rock, un archiduc en santiags... Jamais je n'ai rencontré un type aussi investi que lui par le second degré dans le domaine du rock'n roll. J'ai l'impression que la langue française a inventé le mot « décalé » pour lui. À quelques mois près, nous avons le même âge. Eddy se refuse à jouer les méchants. Chaussettes Noires d'accord, mais plutôt champagne au comptoir et royal au bar ! La classe, on vous dit.

1943. Les vendanges. Au premier plan, ma mère enceinte de moi.
Collection privée.

1955-1956. Classe de primaire à Vongy
(premier rang, la troisième en partant de la droite). *DR.*

1960. Sur scène à Evian. Ballet *Une nuit sur le mont chauve* de Moussorgski (au premier plan, la deuxième en partant de la droite). *DR.*

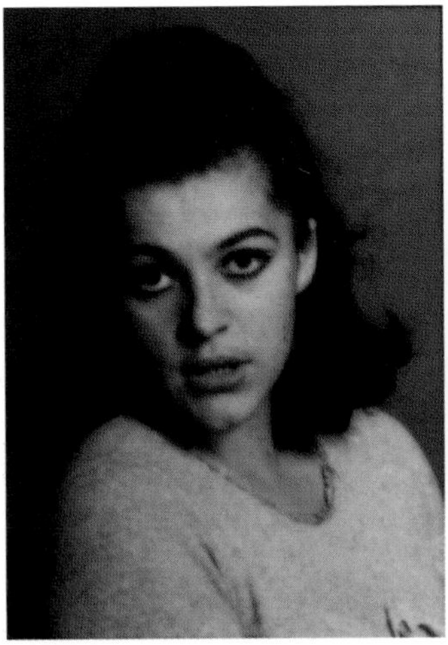

1963. A 19 ans, à mon arrivée à Paris. *DR.*

1967. Mon premier chez-moi. © Apis.

1967. En première partie d'Adamo à Dijon, en compagnie de Léo Missir. © JP Biot.

1967. Avec mes amis chanteurs, Christophe au centre et Olivier Despax à droite. *DR.*

1968. Avec Nino Ferrer à une émission télé. *DR.*

1968. A l'Alcazar, avec ma grand-mère et mes copines. *DR.*

1968. Avec Jacques Brel, pour la sortie de mon premier album «La musique» où figure mon interprétaion de «Quand on a que l'amour».

1968. Avec Ray Charles, mon idole depuis toujours. *DR.*

1969. Tournée Europe N°1 avec Eddy Mitchell
et Johnny Hallyday. *DR.*

1969. Mon tout premier reportage photo. © Patrick Demarchelier.

1969. Dans une communauté hippie à Los Angeles. *DR.*

1970. Photo de Just Jackin pour Barclay. © Just Jackin.

1972. Avec José Giovanni pendant le tournage du film *Un aller simple.*
© Giancarlo Bonora.

1972. Avec Alice Cooper et Julien Clerc. *DR.*

Eddy Mitchell en costume Mao

Je pars une nouvelle fois en tournée de mi-février à mi-mars 68 avec Eddy Mitchell qui a organisé une sorte de show à l'américaine où il chante bien entendu mais où il met en scène l'humoriste Bernard Haller et moi-même. Je paierais cher pour revivre ce duo où, en costume Mao, nous chantons sur scène « Toi sans moi » en combinant des pas de danse dans une chorégraphie à la James Brown. Appel à témoins : je me moque des casseroles. Si quelqu'un a filmé notre prestation en super-8, je suis preneuse...

Mais la rigolade ne s'arrête pas aux feux de la rampe. Qui dit champagne, dit nuit pétillante. Ne vous égarez pas, je n'ai aucun goût pour le commérage croustillant. De surcroît quand il n'y a rien à raconter de très spécial. Un soir après le spectacle nous fêtions l'anniversaire d'un des musiciens d'Eddy, lui et toute la bande sont dans un état proche de l'Ohio et du Nebraska réunis. La montée des escaliers hésite entre l'escalade et l'alpinisme. Entre deux étages, trois musiciens se changent même en culbutos. Mes amis rockers ouvrent la porte de ma chambre, m'attrapent par les bras et les jambes et, à la une... à la deux... m'envoient m'écraser sur le lit comme on le fait au bord d'une piscine. Je suis un poids plume mais, sous le choc, le lit est fracassé. Cheville foulée au réveil et honte monumentale en pensant que le personnel de l'hôtel va croire que j'ai fait des folies de mon corps. J'ai beau avoir vu le loup, j'ai encore des pudeurs de jeune fille. Je vis comme un garçon au milieu de garçons. Dure, dure le rock'n roll !

Pour la petite histoire, et vous édifier sur le niveau de griserie dans lequel se trouvaient certains musiciens d'Eddy, la nuit où mon lit d'hôtel rendit l'âme, l'un d'entre eux croyant faire ses besoins dans le lavabo avait rempli copieusement le saxo de l'un de ses camarades... Avec toi Eddy, j'ai vécu des moments inoubliables. Et si la vie désormais nous a un peu éloignés, sache Eddy, que j'ai toujours beaucoup de respect et d'admiration pour toi, tu m'as appris tellement de choses aussi bien sur le plan scénique que musical... Je n'oublie jamais.

20

En mars 68, lorsque je reviens à Paris après cette mémorable tournée, pas besoin de vous faire un dessin, l'ambiance est tendue dans les rues. Mai arrive à grandes enjambées et bientôt rien ne sera plus comme avant. Martin Luther King vient d'être assassiné. Bob Kennedy, aussi. La France est en grève générale, les étudiants sont dans la rue et font brûler les voitures et les arbres du boulevard Saint-Germain jusqu'à Mabillon. En pleine nuit, je reçois un coup de téléphone alors que je viens de rentrer de chez Castel où je passe toutes mes nuits. Une opératrice me parle en anglais. Je l'entends très mal : « Are you Miss Nicoletta ? » Et de me passer en live le géant aux lunettes noires. Ray Charles, à quatre heures du matin, qui vient me dénicher dans mon petit appartement de la rue Jean-Jacques-Rousseau.

Je suis ébahie. Ray parle trop vite pour moi mais je comprends qu'il est en train de me causer de la France. J'apprendrais qu'il était convaincu comme nombre d'Américains que notre pays était en plein chaos et qu'il allait tomber à son tour aux mains des communistes ! Ray se trouve dans l'Ohio et il ne m'appelle pas pour prendre de mes nouvelles. Il a écouté la veille mon album. Et il aime beaucoup l'une des chansons. Ici, les radios se font prier pour la passer car les programmateurs la jugent bien trop sombre… Cette chanson, c'est « Il est mort le soleil ».

Hubert Giraud et Pierre Delanoë, l'une de mes quatre ou cinq chansons phares qui va faire le tour du monde. Et Ray de me donner le coup de grâce : « I heard it. You kill me ! You have a so big voice, how do you do it ? You are so skiny like Piaf ! » J'ai compris qu'il a écouté le morceau mais c'est moi qui suis en train de mourir, pas lui ! Ensuite, pour m'achever réellement, il veut savoir ce que veut dire la chanson. Mal de tête. Coup de chaud. Mais je me jette à l'eau et lui traduis le refrain « The love and the sun is the same, and the sun is dead ! » Il me répond : (je vous traduis en français !) « J'aime beaucoup cette chanson et je veux la chanter en anglais pour mon prochain album. »

Une fois de plus, je n'ai pas rêvé. Ray Charles est en train de m'annoncer qu'il veut adapter « Il est mort le soleil ». Comme disent les jeunes aujourd'hui, c'est énorme. Je suis bien sûr OK mais surtout KO. « Bye bye Nicoletta ! I kiss you so much ! I call you back. » C'est moi en fait qui vais le rappeler à deux ou trois reprises et je l'aurai à chaque fois en direct car je suis une petite maligne qui n'oublie jamais les bons tuyaux. Il m'a expliqué lors de mon premier voyage à Montréal qu'il ne fréquentait que les hôtels Hilton. Aussi me suffit-il de savoir où il donne un concert, de calculer le décalage horaire et, en quelques minutes, je converse avec le dieu vivant qui m'accueille toujours avec une absolue gentillesse. Une nuit, il me propose de le rejoindre à New York. Je suis son invitée et comme en plus « the Genius » a oublié d'être avare, il ajoute qu'il m'envoie un billet aller-retour en prepaid 1re classe. Je suis aux anges mais aussi partageuse. À mon tour, je propose à ma parolière Anne Gregory de m'accompagner. Afin qu'elle fasse la traduction avant que Ray ne l'enregistre. Je lui paie volontiers le billet. Je dois bien ça à mon amie qui a débuté cette aventure avec moi depuis la toute première chanson. Elle que j'ai rencontrée pour la première fois en larmes l'année précédente et que Missir a consolée en lui proposant de faire équipe avec moi.

Ray Charles à Harlem

Anne a un rapport merveilleux à la langue et aux mots. Et que nous refaisions le monde ou que nous validions ensemble les paroles d'une chanson, j'ai souvent ressenti une osmose parfaite avec cette fille tellement douée pour tout. N'a-t-elle pas fait math sup ? Nous partons en coup de vent sans prévenir la maison de disques. Allez savoir s'ils ne m'auraient pas collé des répétitions ou une séance de photos. Très peu pour moi et tant pis si je suis virée. Ray Charles m'appelle et, comme la vérité, rien ne peut plus m'arrêter.

Nous débarquons donc à l'aéroport de New York où une limousine noire nous attend. Joe Adams, l'intime de Ray, est venu nous accueillir. The Genius est à Washington encore pour quelques heures. Direction l'Hôtel Saint Moritz juste à côté du Café de Paris. Ça va, je ne suis pas trop dépaysée. Nous retrouvons Ray en début de soirée. Après un charmant dîner où je me rends compte qu'il s'adresse aux gens comme s'il les voyait, Ray nous propose de nous emmener écouter de la musique. La limousine longe Central Park. Anne me pousse du coude et me glisse : « Nicole, tu te rends compte de la chance qu'on a ? » Je crois avoir démontré que je n'ai pas été une enfant gâtée mais cette phrase reste ancrée dans ma mémoire. Car tout était allé si vite que je n'avais peut-être pas tout à fait perçu que depuis une ou deux années, j'avais franchi le péage de l'autoroute du bonheur.

Second coup de coude d'Anne qui chuchote à nouveau : « Regarde Nicole, on ne voit que des Noirs. Il nous emmène à Harlem... » Anne a raison. Le chauffeur arrête la limousine devant Le Baron où nous allons écouter Art Blakey. Je vous laisse imaginer notre arrivée dans la boîte. Ceux qui ont vu *Bird*, le film de Clint Eastwood consacré à Charlie Parker, comprendront peut-être mieux l'ambiance qui règne à l'intérieur. Des Blacks allumés, une fumée d'enfer, des vapeurs de bourbon et une musique d'enfer... C'est l'un des plus beaux concerts auxquels j'ai pu assister dans ma vie. Je suis bercée par le jazz et la ferveur des Blacks. Pour un peu, je ne quitterai jamais plus Harlem.

Cette nuit-là, j'ai sorti ma tenue des grands soirs, une robe Paco Rabanne tout en métal argenté. Un chef-d'œuvre qui amuse follement Ray. Toute la soirée, il met ses doigts dedans et m'explique que pour un non-voyant, cet enchevêtrement métallique est « delicious ». Tous les Blacks le reconnaissent dans la rue. The Genius est une superstar mais aussi le dieu vivant de la communauté noire new-yorkaise. « Hey Ray ! How are you ? », crient-ils à tue-tête comme s'il était leur cousin. Ray, en bon « brother », ne les frime pas. Il répond à leur tape dans la main avec un petit mot gentil ou une accolade fraternelle. Quel grand monsieur. Ray est fringué comme un milord avec une veste en cuir bleu turquoise et un chapeau en astrakan noir. À la fin de la nuit, après avoir déambulé le long d'une dizaine de pâtés de maisons, les taxis traversant Harlem ne s'arrêtant pas, nous en trouvons finalement un au coin que Ray nous a indiqué et nous arrivons à notre hôtel. Et je me souviens de notre fou rire réprimé avec Anne quand il nous avoua : « Cela fait cinq ans que je n'ai pas mis les pieds à Harlem… »

Retour à Paris. Barclay est très en colère. On m'a engagée pour remplir les salles et vendre des disques et voilà que mademoiselle joue les starlettes et s'en va sans crier gare. Je calme le jeu, et lui annonce que son ami Ray Charles en personne va enregistrer « Il est mort le soleil » en anglais. Réponse d'Eddie : « C'est bien le succès ma chérie mais il faut se reposer. Ce n'est pas joli d'être mythomane », surenchérit-il en chœur avec Pierre Delanoë. Je m'en contrefiche, dans ma tête, je suis encore à Harlem…

Quelque temps plus tard, un garçon que vous connaissez tous fait irruption dans ma chambre d'hôtel avant un concert. C'est Ticky Holgado – disparu récemment et que nous regrettons tous – qui est à l'époque tour à tour secrétaire particulier de Cloclo, Johnny et Eddy Mitchell. Avec son accent du Sud-Ouest inimitable, il m'annonce : « Y'a un Amerloque qui t'a appelé ce matin. Ray Charles ? Tu vas pas me dire, Nicole, que c'est le Raymond Charles en personne ? » Je le cloue sur place en lui répondant : « Si, si… » Je rappelle Ray qui se trouve alors à Los Angeles dans son studio d'enregistrement. « Listen Nicole… » J'écoute et n'en crois pas mes oreilles. Il me passe la bande de « The sun died », l'adaptation d'« Il est mort le soleil ». Sublime. Le titre de Ray va inonder la planète. Quant au titre original, comme par enchantement, les programmateurs consentent soudain à le matraquer. Je casse la baraque. Et aujourd'hui, si je n'étais pas non-violente, je casserai bien quelque chose à tous les incultes qui, depuis quarante ans, disent et écrivent qu'« Il est mort le soleil » est l'adaptation de la chanson de Ray Charles !

21

Ray me fera un autre cadeau bientôt en disant de moi : « Nicoletta est la seule Blanche qui chante avec une voix de Noire. » Ce compliment est mon plus grand titre de noblesse et Ray ne saura jamais sans doute à quel point il m'a émue en prononçant ces mots. « Il est mort le soleil » est d'ailleurs ma première vraie victoire car, pour la première fois, Barclay a sorti un vrai simple avec deux titres. Sur les précédents – cela était habituel dans les années 60 –, mes simples étaient des… « quatre titres ». Cette chanson, je la dois à Pierre Delanoë qui en a écrit le si beau texte et à Hubert Giraud, un compositeur et un mélodiste. Le soleil de 68, lui, n'est pas mort. La révolte étudiante bat son plein en mai et s'étend à tout le pays. Odeur de soufre dans la rue. Le pays, immobilisé par la grève générale, vit des lendemains incertains. Je n'ai pas l'âme d'une révolutionnaire mais on m'entraîne facilement au Théâtre de l'Odéon occupé jour et nuit par des Robespierre en jeans.

Mai 68 chez Castel

Notre bienfaiteur, Jean Castel, grèves obligent, avait loué un taxi anglais, taxi qui raccompagnait les clients. Avec Huguette, la physionomiste, on attendait le dernier voyage et au lieu de rentrer chez nous, le chauffeur étudiant en médecine nous amenait avec lui rejoindre ses copains en révolte sur la scène du théâtre. Installés au premier étage dans le public, on unissait nos voix à celles du poulailler pour exprimer nos revendications haut et fort : « Ouvrons les bordels ! Ouvrons les bordels ! Vive l'amour libre ! » Assurément le plus beau show dans la capitale en ses nuits de mai.

J'ai de la sympathie pour le mouvement de contestation mais on ne peut pas dire que je suis très engagée. Je me sens proche des ouvriers parce que j'ai compris depuis mon plus jeune âge ce qu'était leur condition. La vie quotidienne de Mémé en était la meilleure illustration. Mais comme ma grand-mère, déléguée syndicale en 36, était passée du communisme de Maurice Thorez à une adhésion parfaite à la politique de De Gaulle, disons que je ne savais plus vraiment vers quel exemple me tourner. Comme ce jour où, au carrefour Mabillon, j'avais aperçu trois jeunes endimanchés dans leur costume trois-pièces hurler : « Vive le Général ! », alors qu'à cent mètres d'eux un étudiant esseulé était à terre en train de goûter à la matraque conscienciеuse d'un CRS. Cela m'avait effrayée et un peu dégoûtée de la chose politique.

Mais, quelques jours plus tard, j'étais invitée à venir chanter en banlieue par des copains musiciens dont les pères étaient ouvriers en grève de la SNECMA. Non seulement je n'avais pas refusé mais j'avais donné des concerts trois jours durant. Mémé était loin de moi mais pas une seconde je n'ai cessé de penser à elle en l'imaginant dans notre maison après une dure journée de labeur à l'usine Bolloré. Et le soir, ma manière à moi de renouer avec le capitalisme, c'était ma fréquentation assidue de Castel qui n'a jamais fait autant la fête que durant les événements de mai. L'art de vivre chez Castel… Jean, le maître des lieux, était un vrai magicien, il avait le goût des autres et était d'une générosité sans limites.

Je n'ai pas honte de dire que c'était la belle vie toutes les nuits. Aussi ne fallait-il pas s'étonner d'y retrouver régulièrement ce cher Sacha Distel que je pleure comme beaucoup d'autres désormais. Un garçon charmant, magnifique guitariste d'une beauté renversante et qui m'a tout de suite invitée dans ses Sacha Shows. Cela m'amuse beaucoup de me rappeler Jean qui accueillait ses amis avec un mange-disque dans les bras et qui hurlait « La musique ». Quelle publicité ! Tout Paris m'entendait. Chez Jean Castel sont passées à cette époque les plus grandes stars de la planète. On y croisait

Mick Jagger et Keith Richards mais aussi la fine fleur des french dandys : Jean-Pierre Cassel – lui aussi disparu et tellement adorable – dont le fils Vincent, qui avait six ans, m'embrassait sur la bouche chaque fois que je le rencontrais avec sa maman. Depuis il m'a largement été infidèle avec la belle Monica !

Mariée une nuit avec Maurice Ronet

J'y retrouvais Nathalie Delon et Maria Schneider qui avaient à leurs pieds un parterre de soupirants. Pierre Bénichou, en chef de file d'une armée de déconneurs de premier plan, la quasi-totalité de la rédaction de *Paris Match*, quelques dessinateurs du *Canard Enchaîné* dont l'inimitable Siné et deux délicieux écrivains, François Billetdoux et Paul Guth toujours accompagné de sa petite dame, qui rivalisaient de bons mots. Au passage, un vrai scoop : j'ai été mariée un soir de mai par Bénichou qui s'est improvisé maire, avec mon chouchou, le plus beau de tous, Maurice Ronet. Malheureusement, on nous a divorcés à la fin de la nuit. Ce fut un mariage éclair où nous n'eûmes pas même le temps de partir en voyage de noces si ce n'est au milieu de la rue Princesse pour reprendre notre souffle après une crise de rire apocalyptique.

J'ai un autre souvenir beaucoup moins agréable de ce mois de Mai 68. De Mexico au Quartier latin, partout dans le monde, la jeunesse était aux prises avec le pouvoir en place. Je suis invitée à chanter en Algérie pour la première fois à la Foire artisanale d'Hannaba. Je sors du théâtre après mon concert. Je suis sidérée par ce que je vois dans la rue. Des dizaines de jeunes sont matraqués de manière ignoble par la police algérienne. Cette fois, les coups portés n'ont rien à voir avec ceux dont j'ai été témoin à Mabillon. Un gamin d'à peine quatorze ans est laissé inerte sur la chaussée après avoir pris, en plus de la matraque, une dizaine de coups de pied dans le ventre. Horrible.

Je suis traumatisée. Je refuse de sanctionner les gens du peuple qui sont venus m'écouter d'autant plus que j'ai la surprise de les entendre m'applaudir en plein milieu des chansons quand une note, une parole leur plaisent. Quel public ! En revanche, le couscous que les autorités d'Hannaba ont organisé en mon honneur, elles le mangeront toutes seules. Et je ne suis pas langue de bois : j'explique à un officiel très posément que je ne dînerai pas avec des gens qui massacrent de coups leur jeunesse quand elle veut communiquer avec un artiste. Un point, c'est tout. Je l'ai déjà dit : je n'ai rien d'une révolutionnaire en chambre mais j'ai toujours eu l'esprit frondeur. Et sur ce dossier-là, je leur ai franchement conseillé de ne pas trop insister parce que le petit Bélier commençait à voir rouge...

Fatiguées par le poids des bijoux

L'été qui suit, je suis passée encore une fois très près de l'incident diplomatique. Je chante au prestigieux Sporting Club où depuis, toutes les plus grandes stars se sont un jour produites. Rainier est là bien sûr et autour de lui toute la jet-set franco-italo-monégasque. Après les deux premières chansons, j'ai du mal à cacher mon agacement. La particularité du Sporting, c'est que les gens sont attablés. Or je déteste ça. Chanter dans un club face à des gens qui boivent un coup, passons. Mais chanter « Il est mort le soleil » face à des blondes décolorées qui s'empiffrent sans vous jeter un regard, très peu pour moi. Régine dira plus tard : « Elles sont tellement fatiguées pas le poids de leurs bijoux, que veux-tu, elles ne peuvent pas applaudir.»

Au premier accord de la chanson suivante, je crie dans le micro : « Stop ! » Je m'avance sur scène, les mains sur les hanches, et je défie un type ventripotent en smoking qui a un faux air d'Erich von Stroheim : « Dites-moi, Monsieur, vous savez comme tous ceux qui sont ici d'ailleurs que je suis là ce soir pour chanter ? Oui ? Bon, très bien ! Alors, vous comme tous les autres, vous allez cesser de dîner et de parler et vous allez m'écouter. Et si ça ne vous plaît pas, je quitte la scène et je vous laisse terminer votre repas qui, entre parenthèses, a l'air succulent. D'accord ? » Un ange passe. Silence glacial de deux ou trois secondes sous la voûte ronde du

Sporting. Puis un autre smoking se lève, plus mince celui-là, et hurle : « Bravo ! » Et toute la foule comme un seul homme crie : « Bravo ! » Je fais un triomphe et je n'entendrai plus un bruit de fourchette pendant une heure. À la fin du show, ils me jettent les roses qui décorent leur table. J'ai su dans la nuit que Rainier avait approuvé ma petite sortie et applaudi à tout rompre. Mais Rainier, lui, savait vivre. L'a-t-on jamais vu déguster un sandwich, même lors d'un match de foot au stade Louis-II ?

22

Tout s'enchaîne, tout va très vite, enregistrements, télés, radios, reportages, répétitions, tournées, j'apprends mon métier et je me découvre une totale passion pour la scène grâce au public qui m'apprivoise et me rend si importante quand je chante. D'octobre à novembre 68, j'effectue une seconde tournée avec Adamo qui décidément semble m'apprécier. C'est réciproque. Je répète : Salvatore est une des grandes vedettes de l'époque et lorsqu'à la fin de son spectacle, il vient me chercher dans les coulisses pour saluer le public à la fin de son concert, comment ne pas lui en être reconnaissante ? Il est si chou avec sa tête de jeune premier… et quel poète.

Mémé vient m'applaudir un week-end à Paris. Je suis avec elle à sept heures du matin dans un taxi qui remonte les Champs-Élysées car elle a pris le train-couchettes. Cette nuit-là – exceptionnellement ! –, je me suis couchée tôt pour être en forme. Voilà plusieurs mois que je n'ai pas embrassé ma bonne grand-mère. Pour Mémé, c'est une grande première. Elle n'est jamais montée à Paris. J'ai déjà raconté à quel point nous nous sommes amusées ces jours bénis mais pas encore ce détail : nous stoppons à un feu rouge. Et là, Mémé est ébahie et moi fière comme quinze Artaban. Trois affiches, trois fois mon portrait géant en enfilade sur les panneaux de quatre par trois lui sourit. De stupeur, elle ne dit rien, se retourne et m'embrasse sur le front. Elle vient de réaliser que son « irrécupérable » petite-fille, sans mot dire, avait accompli un sacré bout de chemin. Pour un peu, le chauffeur en pleurerait aussi d'émotion !

Tremblements à l'Olympia

Du 8 janvier au 3 février 69, je chante tous les soirs en vedette américaine d'Adamo... à l'Olympia. Je ne vais pas vous réciter le couplet qu'entonnent tous les artistes sur la magie de cette salle, sur ce qu'on ressent chaque fois que l'on entre en scène, les sièges de velours bordeaux, etc. Mais c'est la stricte vérité : est-ce le restant d'âme de tous les grands qui y ont chanté ? Je ne peux le dire. Tout ce que je sais, c'est que je n'ai pas ressenti un sentiment plus fort que celui qui vous saisit lorsque vous débutez votre première chanson sur cette scène mythique. Je savais que l'Olympia, même en première partie, allait être pour moi un sacré tournant. Et je ne me trompais pas. J'ai les genoux qui tremblent, ma gorge est sèche et serrée, je n'ai plus de salive et j'ai une barre au ventre qui me pèse sur l'estomac, j'ai envie de fuir, je panique, alors je me dis que tout est magique et que des milliers de jeunes filles rêveraient d'être à ma place, ce n'est pas un rêve, c'est bien moi qui suis là, sur la scène de l'Olympia, quel privilège… Je me prends par la main, j'y vais, ça va le faire, j'y vais, donne… donne-leur ce qu'ils attendent de toi… chante avec tout ton cœur… Heureusement pour moi je me sens soutenue par tous mes copains : Jacques Chazot, Michel Duchaussoy, Jean-Claude Brialy, Bernard Buffet et Jean Castel en tête.

Un soir, j'apprends que l'idole des jeunes en personne veut me voir. Un régisseur vient me chercher. Il a un message urgent de Johnny à me transmettre : « Monsieur Hallyday voudrait que vous le retrouviez au Bar Romain à l'entracte. C'est très important… » Toutes ces stars vont finir par me faire avoir une crise cardiaque. Je ne veux pas mourir si jeune ! Je ne m'étais pas changée aussi vite depuis le matin où cette adorable Mlle Jourdan était venue me délivrer des griffes du Bon Pasteur.

J'arrive donc au Bar Romain. Johnny m'attend au bar. Jean et blouson noir. « Tu ne m'en veux pas, Nicole, ce n'est pas que je n'aime pas Adamo, je le trouve très sympa mais je l'ai déjà vu plusieurs fois sur scène et c'est toi que je voulais entendre… » Johnny a des allures de grand chat, avec des yeux perçants aussi beaux que ceux de mon fiancé d'un soir, Maurice Ronet. Il va droit au but : « Je voudrais que tu... On se tutoie, OK ? que tu m'accompagnes en tournée à partir du 15 février jusqu'à la mi-mars ? » Je dois lui donner ma réponse le lendemain matin.

Un mois avec l'idole des jeunes, c'est le must. Je vis quelques moments uniques dans la vie d'une artiste. Non seulement je vais découvrir un garçon d'une rare humanité et, de plus, grâce à lui, cette tournée me donne une cote, comme on dit dans le métier. Je n'aime pas perdre de temps sur les histoires d'argent mais il faut comprendre que là où je gagnais 650 F par jour avec Adamo, je vais en recevoir 3 500 après chaque concert avec Johnny. Tous mes musiciens payés, il m'en restait suffisamment, croyez-moi, pour améliorer mon quotidien. Je pouvais enfin meubler mon modeste appartement comme je l'entendais et me lâcher dans les boutiques de fringues à la mode. Ma drogue à moi, c'était le couturier Jean Bouquin, « very hype » comme disent les Britishs.

Le souffle de Johnny

Johnny n'a pas été seulement un ami. Il a été un vrai frère. Attentif et prévenant, je n'avais pas devant moi l'image du blouson noir que la presse tentait de dessiner. J'étais impressionnée par son énergie, son tonus sans pareil, une sorte de champion de France des chanteurs. J'avais dans ma jeunesse fait beaucoup de sport, j'avais travaillé mon souffle grâce à des heures et des heures de natation, mais Johnny m'épatait. Lorsqu'il commençait à envoyer « Le Pénitencier » ou « Black is black », une espèce de courant érotique passait dans le public et derrière la scène. Inimitable et inimité. Il restera toujours pour moi un exemple : quelle présence sur scène... un beau et grand chanteur au charisme incomparable se donnant jusqu'au bout. Inégalable et inégalé...

Johnny ne se contentait pas d'être une bête de scène. Il avait jeté son dévolu sur la petite débutante que j'étais. Il avait eu la gentillesse de m'avouer que ma « puissance vocale » l'étonnait. Ce qui, dans la bouche de Johnny, n'était pas le moindre des compliments. Mais il sentait bien que deux ou trois choses ne collaient pas. Par exemple, il avait insisté pour me « prêter » son pianiste. Il considérait que le mien ne faisait pas l'affaire, il voulait que tout soit parfait autour de lui. Une autre de ses lubies était de régler lui-même les éclairages. Mes éclairages. Et j'avais droit exactement au même light-show que l'idole des jeunes. Il faut dire que quelque temps après, un journal allait me surnommer « l'idole des idoles ». La gloire, quoi !

Il fallait le voir sur scène, avant le spectacle, régler une poursuite avec un technicien, recentrer une rangée de spots, demander le noir complet à l'éclairagiste... Il venait surtout au début à toutes mes répétitions. Il se démenait comme un beau diable pour que tout soit parfait en soignant ma première partie comme s'il s'agissait de son show. Je me souviens que les frères Marouani, ayant remarqué le mal de chien qu'il se donnait pour me faciliter les choses, avaient rivalisé de plaisanteries et d'allusions du genre : « C'est bien la première fois qu'on voit Johnny arriver à l'heure ! » Autant dire que j'avais l'impression, à vingt-cinq ans pas encore sonnés, d'être pour un mois la chouchou de celui qui allait devenir la plus grande légende de la chanson française. Mais cette amitié avait ses limites : par contrat, je n'avais pas le droit de monter en voiture avec lui !

Les tournées, c'est la route les répétitions, le concert, le restaurant très tard, et basta, après dodo, on recommence le lendemain matin la vie de saltimbanque. Je n'avais ni de temps ni de place pour l'amour. Mais je vivais quand même quelques amourettes : je ne savais pas encore aimer. Je me nourrissais des histoires des autres et je puis dire que lorsqu'on a passé des nuits entières à dîner avec des musiciens et leurs groupies, on a largement de quoi réécrire *les Mille et Une Nuits*...

23

Il est 7 heures du matin. Je suis en train de boire un délicieux chocolat sur le zinc du Bistingo tenu par Carlos, un de mes premiers soutiens auprès d'Eddie Barclay. Je suis un peu pensive quand, soudain, je vois une main d'homme qui s'approche en me contournant, se saisit d'un croissant et le trempe dans ma tasse. « Qu'est-ce que c'est que ce délire ? Le type qui a fait ça, je vais lui coller deux tartes vite fait... » C'est ce qui me vient à l'esprit immédiatement avant que je me retourne passablement énervée. Je lève les yeux. J'ouvre la bouche mais aucun son ne veut en sortir.

Delon mon nouveau fan

Delon est à trente centimètres de moi. Costume italien impeccable. Petit nez pointu. Il est dix fois plus beau encore que dans *Plein Soleil* ou *Le Samouraï*. Je n'arrive pas à détacher mon regard de ses yeux, une sorte de chef-d'œuvre absolu. Moi qui aime tant la peinture, j'ai durant une seconde la sensation que Michel-Ange et Botticelli auraient pu travailler ensemble, ils ne seraient pas parvenus à une telle perfection dans le bleu. Delon sait très bien qu'il est beau. Très beau. Excessivement beau. Il venait à l'époque de divorcer de la jolie Nathalie et la première phrase qu'il trouve à me dire est : « Comme je suis heureux de vous rencontrer... J'aime beaucoup le timbre de votre voix. » Nous papotons dix minutes. Comme c'est un garçon poli, il me commande un autre chocolat.

La France est toujours en grève des transports et aussi de pompe à essence. Il propose de me raccompagner et hèle sa voiture avec chauffeur. La classe... Le soir même, il m'invite à dîner et je fais vite partie de sa bande. J'aime me souvenir de ses exclamations goguenardes lorsque je le rejoignais au restaurant : « Tu t'es encore habillée avec les rideaux de ta grand-mère ? — Des rideaux, une robe de Jean Bouquin ? », qui habillait aussi Bardot et Birkin. Vexée, je faisais un peu la tête mais, le lendemain, il me confiait à Saint Laurent Rive Gauche qui venait d'ouvrir. J'aime aussi me souvenir de ce jour où il m'attendait au studio Barclay où j'enregistrais la chanson générique de son film *Jeff*. J'arrive dix minutes en retard. Furibard, la star numéro un du cinéma français et international me lance : « Sache que l'exactitude est la politesse des rois. Si tu veux continuer à faire ce métier, apprends à être à l'heure sinon tu n'iras pas loin. » Il avait raison et grâce à lui je suis devenue « swiss timing ».

Merci Alain pour tout ce que tu m'as fait vivre. Ce moment par exemple où j'ai découvert en ta compagnie un enregistrement de Piaf au Carnegie Hall tout simplement sublime. Elle y chante en anglais et la salle chavire comme jamais. Autour de nous, quelques tableaux de maître et deux ou trois meubles d'époque qui démontrent que Delon est déjà l'esthète qu'il ne cessera d'être.

Alain est un gentleman qui a tout au long de sa vie joué des rôles de voyous. Si ce miracle du cinéma a pu se perpétuer, c'est parce que Delon ne doit pas simplement son génie à son art de la composition. C'est un acteur de l'existence et un homme comme on en rencontre peut-être deux ou trois dans toute une vie.

24

Je le redis : Alain Delon a été un vrai grand frère et un incomparable pygmalion. Il m'avait même présentée à Georges Beaume, son propre agent, qui avait volontiers accepté de s'occuper de ma carrière. Malheureusement, celui-ci voulait faire de moi une Barbara Streisand et, sauf le respect que j'ai pour elle, ce n'est pas du tout le genre de musique qui m'intéressait. Nous avons rompu notre contrat. Alain ne m'en a pas voulu. Au contraire, même s'il intimidait beaucoup ceux qui l'approchaient, lui, continuait à me prodiguer de précieux conseils et tentait de m'apprendre à bien me comporter dans le métier.

Après la chanson du générique de *Jeff*, j'ai enchaîné avec l'immortel titre de Brel, « Quand on a que l'amour ». Lorsque Barclay et Missir lui avaient demandé quelle chanson il m'autorisait à reprendre, Brel au grand cœur n'avait pas réfléchi une seconde : « Que la petite reprenne ce qu'elle veut. Elle a une vraie voix. Je lui fais totalement confiance... » Forte de ces quelques mots, j'avais vraiment tout donné dans mon interprétation. Et désormais, chaque fois que je reprends « Quand on a que l'amour », avec mes chœurs gospel, je ne peux m'empêcher d'avoir la chair de poule.

En novembre 69, sort mon 3e album, « Ma vie c'est un manège ». Les femmes ont toujours adoré cette chanson. Mais personne ne sait que ce titre est surtout culte chez les gitans et les forains. Pour ces derniers, on comprend qu'ils en aient fait une chanson fétiche ! Il faut savoir que, dans leur milieu, la légende, Marie Reinhardt morte pendant la guerre aux côtés de l'un de mes oncles a beaucoup fait pour ma notoriété. J'ai ainsi vécu l'un de mes plus grands moments de ma vie d'artiste le jour où dix musiciens de jazz manouche m'ont invitée à chanter avec eux « Il est mort le soleil » et « Mamy Blue » pour le cinquantième anniversaire de la mort de Django Reinhardt, place de la Bastille.

J'ai tellement entendu de bêtises sur ce milieu... Comme si les gitans étaient devenus les figures emblématiques du gangstérisme en tout genre. Chez les gens du voyage comme partout ailleurs, on trouve des délinquants, des malfrats mais aussi des gars fondamentalement honnêtes et d'une bonté que vous ne retrouverez en revanche nulle part. Ce milieu pâtit de l'obsession qu'a le public à ne voir dans les forains que des encaisseurs de cash.

Le CAC 40 n'est pas mon bon Dieu

L'argent, cette obsession française. J'ai toujours aimé en avoir mais lorsque dans ma vie j'ai connu des périodes de vaches maigres, je n'étais pas à l'article de la mort. Car je suis désolée de m'en vanter, mais je n'ai pas comme nombre de mes confrères l'obsession de l'argent et je ne rêve pas la nuit de nager dans une piscine de pièces et de billets, tel le fameux Oncle Picsou. Le CAC 40 n'est pas mon bon Dieu. J'ai toujours pensé que l'argent servait à bien vivre sans luxe superflu, à protéger les siens et à aider des amis dans la détresse. Pour le reste, thésauriser ou faire fructifier la monnaie qui dort n'est pas tout à fait ma préoccupation au réveil. Pas plus qu'au coucher !

Pourtant, à partir de 1969, j'ai commencé à en gagner pas mal. Cette année-là, avant de sortir le 33 tours de « Ma vie c'est un manège », mon troisième LP, un autre, « Olympia », était dans les bacs en début d'année. Mais dans les années 60, c'étaient bien sûr les 45 tours qui se vendaient comme des petits pains. De plus, je faisais concert sur concert, payais – très bien ! –

moi-même mes musiciens et la totalité de la sono. Mais, franchement, il m'en restait une bonne part à la fin de chaque spectacle. Heureusement, j'ai eu un réflexe de bonne Savoyarde : j'ai comme on dit investi dans la pierre. Oh, pas un hôtel particulier à Neuilly mais une modeste maison sur les hauteurs du lac Léman que j'ai revendue pour payer des retards d'impôts dix ans plus tard et ma première réalisation de productrice indépendante. Maintenant, je retape la maison familiale, modeste maison du village de Vongy dont j'ai hérité, celle de ma grand-mère, et j'aime l'idée que mon fils Alexandre pourra un jour venir s'y reposer et s'y oxygéner. Car on n'a encore trouvé rien de mieux que la maison de son enfance et l'air des Alpes pour vous redonner le moral et réparer toutes les blessures de la ville.

Ne pas croire pour autant que tout allait pour le mieux dans le meilleur des mondes. L'été 69, je vais ainsi partir en tournée avec Antoine qui, à l'époque ne voyageait pas encore autour de la Terre et n'était pas non plus l'homme-sandwich officiel d'un grand opticien. J'avais découvert un garçon qui me bluffait par son intelligence et son érudition. Il faut dire que moi qui adorais la littérature au collège, j'étais impressionnée par ce garçon qui faisait un tabac avec ses « Élucubrations » mais qui quelques mois auparavant était sorti d'une école d'ingénieurs de Grenoble. On a totalement déformé la vérité sur sa rivalité avec Johnny.

Bien entendu, « Cheveux longs idées courtes » était une guerre déclarée de Hallyday à Antoine. Mais n'exagérons rien : c'était plutôt bon enfant et, surtout, ils étaient copains comme cochons.

25

À la fin de la tournée avec Antoine, alors que tout semble avoir été organisé au mieux, j'apprends un matin au réveil que le tourneur est parti avec la caisse. Antoine et moi lui avions fait totalement confiance car nous n'avions pas de gros problèmes de trésorerie. Les royalties rentraient régulièrement et les impôts ne m'étaient pas encore tombés dessus. Enquête de police, bataillon d'avocats, rien n'y a fait. Je n'ai jamais revu la couleur de cet argent. En attendant, il fallait toujours payer les musiciens de nos groupes ainsi que les frais d'éclairage et de sonorisation. Je me suis juré qu'on ne m'y reprendrait plus.

Heureusement, 1969 a marqué un autre tournant dans ma vie. J'ai enfin connu un début de grand amour et ensuite une aventure intense et magnifique. Depuis Serge Gainsbourg, on le sait, 1969 est une année érotique. Qu'on ne s'y trompe pas, j'ai déjà expliqué qu'il ne fallait rien attendre de moi pour narrer la chose. En revanche, impossible de zapper le fait que j'ai vécu avec Alain Mosconi une idylle de près d'une année qui a été en somme ma première authentique histoire d'amour.

On nage dans le bonheur

Mosconi, l'année précédente, était entré dans la légende des grands sportifs français en devenant champion olympique de natation à Mexico. Il avait autant d'aura qu'un Zidane. À l'instar de la petite Colette Besson à la course la même année, il avait conquis le cœur de millions de Français. Et, en quelques semaines, le mien. Lorsque je rencontre Alain Mosconi, je découvre immédiatement un garçon doux et viril, calme et entreprenant... Le modèle du beau garçon de vingt et un ans qui fait craquer toutes les filles lorsqu'il longe la Promenade des Anglais ou la Canebière.

Car Georges Beaume, l'agent d'Alain, une fois encore, avait eu la gentillesse de nous inviter quelques jours dans la maison de Delon près d'Aix-en-Provence. Il avait une grande admiration pour Mosconi qui le lui rendait bien. Autant l'avouer, entre ces deux Alain qui rivalisaient de beauté virile, je me sentais flattée d'être la girl friend de l'un et l'amie intime de l'autre. Ce que je ne savais pas, c'est que ces quelques jours allaient être les derniers où Mosconi et moi partagerions de vrais instants de sérénité.

Non pas qu'il y ait eu orage dans l'air au-dessus de notre couple, mais le métier reprend souvent le dessus lorsque deux vedettes entrecroisent leurs destins. Pour lui, sa Fédération et ses entraîneurs voyaient d'un mauvais œil qu'il puisse ne pas se montrer plus assidu. Pour moi, ma maison de disques était d'une exigence sans faille et Barclay n'aurait pas accepté que, sur un coup de tête, je m'envole à l'autre bout du monde pour rejoindre Alain alors qu'un planning de répétitions ou une séance de photos avaient été verrouillés à l'heure près. La haute compétition comme la création en général demandent des sacrifices sans pareil et aussi bien sûr une discipline d'airain. Et puis – pourquoi le nier ? –, le désamour a des raisons que la raison ignore. Alain était beau et intelligent mais nous avions fini par nous ennuyer ensemble. Et un réveillon à Los Angeles, où il s'entraînait à UCLA, allait sonner le glas de notre relation. Nous avons compris cette nuit-là que nous n'avions depuis quelque temps plus grand-chose à nous dire.

The Wind cries Nicole

Lors de l'hiver 69, je fus invitée à Londres par les producteurs de Radio Caroline qui était la plus grosse radio européenne. Le big boss, Philip Salomon, tenait absolument à produire un album où je chante en anglais. Alors que nous sommes au cœur d'une discussion, un coup de téléphone lui apprend que son bateau émetteur vient de sombrer dans une catastrophe. Le projet tombe à l'eau à son tour. Vous me connaissez mieux désormais : il m'en faut un peu plus pour me désarçonner. J'ai choisi dans ma valise ma plus jolie minijupe et allez ! roulez jeunesse ! il me tarde de découvrir le « Swinging London » !

Au Mayfair, je rencontre Éric Burdon qui a la bonté de jouer pour moi le rock guide. Je ne comprends pas tout à fait ce qu'il débite à toute vitesse mais je comprends qu'il nous propose d'aller boire un autre verre tout près de là au Revolution Club. Il règne à l'intérieur une effervescence indescriptible. La scène française est à des années-lumière de ce qui est en train de se passer alors à Londres. Des groupes réunissant les plus grosses pointures se succèdent à un rythme ahurissant. Soudain, les verres arrêtent de s'entre-choquer, les bouches se ferment et la plupart des regards convergent vers la scène. Un barbu à la face de caribou me tend un joint avec des yeux pleins de fraternité. Je refuse de la tête en lui souriant car je n'en ai pas besoin. Je plane. Et ce n'est qu'un début.

Un Noir longiligne vêtu comme un gitan de luxe entre sur scène au milieu d'une fumée plus épaisse que le fog londonien. Il branche sa guitare, une Stratocaster blanche, sur l'ampli. Derrière, juste un batteur et un bassiste aux cheveux longs barrés par un bandeau. « Purple Haze », « Johnny Be Good », « The Wind cries Mary »... Il enchaîne les morceaux pendant près d'une heure. Marijuana ou pas, les dizaines d'élus présents sont hallucinés. Hendrix ne joue pas de la guitare, il la caresse, la mord, la prend. Jamais l'expression « posséder son instrument » n'a été aussi juste pour décrire la manière dont Hendrix affole les sens des spectateurs lorsqu'il part en chorus. Et son morceau « Voodoo Chile » est un coup de génie tant l'art de Jimi est proche de la magie des sorciers vaudous.

Un tourbillon nommé Hendrix

Grâce à Burdon, je peux échanger quelques mots avec Hendrix. Il me regarde fixement, sourire aux lèvres qui lui mangent le visage. Il est beau et – désolé les filles – c'est Jimi Hendrix qui est face à nous et qui ne semble absolument pas disposé à repartir. À partir de cet instant, la dizaine de fois où je l'ai revu me donne l'impression d'un tel tourbillon... Ce que je peux dire, c'est qu'il ne s'est jamais dopé ou shooté en ma présence. Une ou deux fois, je l'ai vu s'éclater au poppers, sur scène en plein Olympia, durant son concert, derrière son ampli de guitare, dans les fumigènes, voilà tout. Tout cela me semble loin, mais je garde de Jimi le souvenir d'un homme vrai, d'une somptueuse élégance tant morale qu'intellectuelle, et d'un artiste hors pair…

Je savais que Jimi ne serait qu'un éclair dans mon existence. Je lui avais offert deux présents qu'il avait immédiatement portés. Un petit boléro, ce genre de gilet dont il semblait faire collection, et un collier arabe que l'on voit sur une photo de lui restée célèbre. Lorsque l'année suivante, Jimi est mort, j'étais immensément triste comme des millions d'autres fans. Mais j'avais en moi la certitude que des artistes tels que Hendrix sont des étoiles filantes qui nous montrent un chemin. Et la trace qu'il a laissée dans la nuit n'est pas près de s'effacer…

26

En janvier 70, je participe à mon premier MIDEM. La France connaît encore une série de grèves très dures. Je ris lorsque je me souviens de mes affiches sur la Côte d'Azur où il était inscrit en bandeau : « Nicoletta ce soir concert non annulé » !

Les gens de la production avaient tendance à me prendre légèrement la tête avec des plannings trop chargés. J'avais du mal à me reposer et à récupérer. Pour leur donner une leçon, je suis restée une fois trois jours sans leur donner de nouvelles pour leur prouver que j'avais besoin d'un peu de liberté. Lorsque j'ai compris qu'ils commençaient réellement à s'inquiéter, je me suis manifestée. « Vous me fatiguez, je fais la grève de la vie, c'est trop dur pour la tête. »

J'ai vécu ensuite un épisode bouleversant. Je pars en Roumanie pour participer à la semaine de la chanson française avec Nougaro, Marie Laforêt et la délicieuse

Joséphine Baker, qui me prodigue des tas de conseils et surtout m'offre par son regard une tendresse infinie. Une grande dame et une artiste immense. Nous sommes consignés à résidence car on ne plaisante pas sous Ceausescu. J'habite la suite présidentielle où nous déjeunons sur une table de trente mètres de long. Dans la chambre, la baignoire ressemble à une piscine et les lavabos à des baignoires ! Ce luxe tape-à-l'œil est parfaitement insupportable si on le met en regard de l'extrême dénuement qui frappe la population. Et, de plus, les musiciens sont persuadés qu'il y a des micros partout dans l'hôtel.

Ils regardent passer la liberté

Le festival de la chanson française est l'occasion pour quelques dissidents et intellectuels de se montrer au grand jour. Je chante alors « Liberté mon amour » durant mon tour de chant. J'entends les gens renifler aux premiers rangs. Lorsque je sors de scène, le public est en pleurs. Moi aussi. En quittant le grand théâtre, je vois à nouveau de chaque côté de la sortie des artistes, une foule de gens en pleurs entre deux rangées de policiers qui me saluent et dans un silence impressionnant (aucun Roumain n'avait le droit de parler avec un étranger quel qu'il soit), l'un d'entre eux essaie même un « Vive Nicoletta ! » en français.

Je réalise alors que ce peuple est totalement brimé et désespéré face à leur dictateur. Je ne suis pas une pasionaria mais il ne me faut pas trente secondes pour penser qu'en me voyant quitter la salle de concert, c'est la liberté qu'ils regardent passer. J'en ai tellement eu la conviction que je n'ai jamais refusé un concert de l'autre côté du rideau de fer. Plus tard, lors de la révolution roumaine, la veille où Ceausescu et sa femme seront exécutés, la diaspora roumaine se réunira salle Favart à l'Opéra-Comique et me demandera de venir chanter pour eux. L'épisode roumain m'a permis de comprendre que ce genre d'événement se situe bien au-delà de la politique. Les artistes ne sont peut-être pas là pour donner leurs consignes de vote. En revanche, ils peuvent être utiles au moins pour une chose essentielle : redonner un peu d'espoir et de lumière à ceux qui ne connaissent plus du monde que l'angoisse et l'obscurité.

L'obscurité, j'allais définitivement lui tourner le dos en faisant mes débuts au cinéma. Des producteurs avaient acheté les droits de *L'Astragale* écrit par cette formidable romancière qu'était Albertine Sarrazin. Une nouvelle fois, la presse à scandales s'en était mêlée en tentant de comparer la vie tortueuse d'Albertine à la mienne. « Nicoletta : la nouvelle Albertine Sarrazin » avaient-ils titré. J'avais reçu la visite de son mari qui avait souffert de la disparition de sa femme mais qui semblait très remonté contre les producteurs. Julien Sarrazin ne me donnait pas l'impression d'être d'une honnêteté irréprochable mais sa sincérité m'avait émue : « Mademoiselle Nicoletta, je vous en supplie, ne faites pas ce film ... À la mort d'Albertine, les producteurs m'ont arnaqué et spolié de mes droits. » Entière comme je suis et admirative du talent de sa femme, je décide sur un coup de tête par respect pour elle de ne plus faire ce film. Marlène Jobert en sera la vedette. Elle fera ensuite la belle carrière que tout le monde connaît.

Je me voyais déjà

Étrangement, je n'aurai pas à attendre longtemps comme si j'avais, quoi qu'il arrive, pris un rendez-vous avec le septième art. C'est José Giovanni qui me donne mon premier rôle. Une composition importante pour des débuts. Je ne doute pas un instant qu'on est venu me chercher parce que ma réussite discographique me rend comme on dit « bankable ». Mais j'aborde cette aventure sans complexe car, souvenez-vous, j'ai eu la chance de suivre régulièrement les cours de théâtre de l'excellente Manon Novarina, l'amie de Mémé. Au générique d'*Un aller simple*, figurent Maurice Garel, Rufus qui débute, Jean-Claude Bouillon et comme c'est une coproduction italienne, il y a aussi Giancarlo Giannini et Ottavia Piccolo. Pour moi, malgré un beau succès d'estime et des critiques plutôt favorables, ce sera aussi un aller simple. Sauf pour un téléfilm diffusé sur

TF1, il y a quinze ans avec Raymond Pellegrin , *Le Manoir des veuves*. Pour deux raisons : j'étais irrémédiablement attachée à mon métier de chanteuse et mon planning très chargé n'a plus laissé de place pour le cinéma.

La musique comme toujours m'attendait. Sublime souvenir d'un concert où je chante en première partie d'un show-man haut en couleur : Sammy Davis Junior. Sinatra ne m'aurait pas plus impressionnée tant Sammy maîtrisait tous les compartiments du jeu de scène. Applaudissements. Puis j'ai la grande joie d'effectuer la première partie de mon ami Richard Antony, un garçon d'une humilité sans égale : « Dis-moi, Nicole, je ne veux plus passer après toi. Tu t'écoutes ou quoi ? Moi, j'arrive avec ma voix de pépère alors qu'un quart d'heure avant tu les as rendus fous avec ton coffre de cantatrice ! C'est pas humain ! » Je me mets à rire aux éclats. Je proteste mais Richard est très sérieux. Et définitivement adorable.

Très peu de temps après, je pars seule en vedette pour une tournée au Canada de trois semaines accompagnées par deux musiciens prestigieux, Eddie Louis à l'orgue et Bernard Lubat à la batterie. La loi locale et syndicale des artistes canadiens nous oblige à engager deux musiciens locaux pour former mon quatuor rythmique. Malheureusement nous sommes mal tombés, ce ne sont pas des pointures. Prise de tête avec les producteurs, Puis, on se met d'accord : ok, ils resteront chez eux tout en étant payés. C'est la première au Théâtre Sainte-Catherine de Montréal. Eddie joue les basses au pied sur l'orgue Hammond et improvise sur chaque intro des chansons du tour de chant. Je rame totalement. Mais nous faisons un triomphe et, à la fin du concert, un type passe une tête dans ma loge. Une grosse boule de cheveux, des yeux ronds comme des billes, c'est Robert Charlebois qui, avec son accent inimitable, me lance : « Nicoletta, t'es too much toi avec tes deux seuls gars ! Tu m'as électrocuté ! Tiens, je vous emmène dîner ! »

27

1971 sera dans ma carrière une sorte de zénith. L'année commence fort avec Gilbert Bécaud, star alors au sommet de sa gloire. « L'homme aux 100 000 volts » m'a gentiment demandé de l'accompagner en tournée en Belgique entre janvier et février. Je suis folle de joie. D'autant que je me dis qu'avec mes 100 000 volts à moi, on risque de faire sauter les plombs sur scène !

Je découvre un Arlequin inarrêtable qui tape sur son piano et secoue mieux le public que les plus grands rockeurs. Il est sapé comme un milord mais on lui donnerait un cuir et des santiags qu'il rivaliserait avec les légendes du rock'n roll. Bécaud, contrairement à une réputation que lui ont construite des imbéciles, a la générosité d'un pacha. Non seulement il accepte de me « prêter » tous les soirs ses meilleurs musiciens mais, le concert fini, il exige que je le retrouve autour d'un bon dîner. Les bouteilles de Château-Latour défilent et

Bécaud se moque bien de savoir si l'addition sera ruineuse. Comme je le dis souvent, ceux qui « font tomber les bons bordeaux » dans le métier se comptent sur les doigts d'une main. Il y eut Bécaud. Il y eut Eddy, Johnny, Mort Shuman. Fais-je partie du club ? Ma modestie dut-elle en prendre un coup, oui, miss Nicoletta a appris de ces quatre princes un certain art de vivre. Et, elle aussi, personne n'a jamais eu besoin de la pousser pour « faire tomber les bons bordeaux » !

Ce farceur de Bécaud

Je garde également de Gilbert deux ou trois souvenirs fumeux. Le Bécaud n'était pas le dernier à faire des farces. J'avais été échaudé par Eddy Mitchell mais Gilbert surpassait tout le monde quand il s'agissait de monter des coups pendables. À Bruxelles, l'un de ses grands plaisirs était par exemple de déposer deux paires de chaussures d'hommes devant la porte de ma chambre d'hôtel que je partageais avec Françoise, laquelle venait de quitter la Sorbonne et m'assistait dans mon travail. Je vous laisse imaginer la tête du portier de nuit ou des femmes de ménage, le matin, lorsqu'ils nous voyaient sortir. Nous passions pour de fieffées coquines. Et encore parfois ne s'arrêtait-il pas à deux paires ! De vrais garnements. Johnny, à cette époque, rivalisait avec Bécaud sur ce registre. Son truc préféré ? Décoller en soirée la plaque WC et la recoller sur la chambre de son régisseur qui, le lendemain, arrivait dans la salle de petit-déjeuner avec des yeux de mulot. Il n'avait pas fermé l'œil, dérangé toutes les demi-heures par des clients qui ne disposaient pas de toilettes dans leur chambre.

À la suite de Bécaud, j'ai filé au Chili où je dois dire que j'ai défrayé la chronique avec mes shorts hippies et mes cheveux presque rouges que j'avais gardés après le film de Giovanni. Je m'étais même transformée pendant une heure et demie en reporter de choc. Par le plus grand des hasards, grâce à un copain journaliste rencontré à l'hôtel à Santiago, j'assiste avec lui à une conférence de presse que Salvador Allende, qui venait d'être élu Président, donnait à la presse internationale. J'avais discrètement déclenché mon petit magnétophone dans mon sac et avais enregistré la totalité de son discours. Cette cassette, je l'ai offerte à un journaliste de l'AFP qui était une connaissance de l'un de mes amis. Je sais qu'il s'en est abondamment servi. Quant à moi, deux ans plus tard, lorsque j'ai su qu'Allende avait été conduit au suicide, j'ai eu la nausée et n'ai adressé la parole à personne pendant plus de vingt-quatre heures. Je suis convaincue que c'était un homme autrement plus important que le Che qui, pourtant, nous fascinait tous et continue d'ailleurs à fasciner les jeunes générations. Avant de rentrer, je décide de passer par l'île de Pâques pour en percer les mystères. Ce fut un des plus beaux voyages de ma vie, ce qui m'a permis de rapporter un beau reportage photo pour Salut les Copains : « Bons baisers du Chili ».

Cloclo t'es pas rigolo

À l'occasion de la tournée d'été, je vais rencontrer un autre personnage qui ne cesse lui aussi d'exercer cette fascination bien des années après sa mort. Cette tournée a pour nom « Comme d'habitude » et c'est bien entendu Claude François qui en est la vedette. Un artiste « hénaurme », brillant chanteur, remarquable danseur et perfectionniste jusqu'au bout des ongles. Immédiatement, j'admire ce garçon même si je le trouve un peu ridicule avec son bataillon d'assistantes. L'une qui manie un bâtonnet pour lui faire les cils, l'autre qui accourt pour lui apporter une bouteille d'eau fraîche, l'une qui le coiffe et l'autre enfin qui cire ses chaussures à talonnettes… Tout ce manège me fait sourire. Jusqu'au jour où je ne ris plus du tout lorsque je prends conscience que Claude a ordonné qu'on me retire pour ma première partie tous les effets sonores. Plus aucune réverbe, plus aucun écho. Ce qui a pour effet – si j'ose dire – d'aplatir totalement ma voix. Chaque soir, après le concert, j'entends des gens du public dire entre deux bières : « C'était drôlement bien Cloclo. Nicoletta, c'était pas mal, hein, mais la voix, c'était pas ça… » Il est certain les amis, que si vous supprimez tous les effets techniques à un chanteur, il ne lui reste plus qu'à chanter a capella. Sans micro et sans sono. Je vous assure, c'est préférable.

J'ai beau faire de temps à autre un petit appel du pied à Claude, rien n'y fera. Monsieur est la vedette. Monsieur ne souffre pas qu'on puisse lui faire de l'ombre. Bref, l'anti-Richard Antony. En revanche, branchez Cloclo sur les virus, les microbes, et là, il vous accorde de l'intérêt comme si vous étiez Marie Curie en personne. Claude était un vrai maniaque, un toqué de l'hygiène et de la propreté. Si vous lui offriez un gâteau que vous déposiez devant lui sur une table, il n'était pas question qu'il le mette à la bouche. Alors si la madeleine ou le brownie tombait à terre, ce n'était même pas la peine d'y songer : il ne l'aurait pas donné à son chien… Claude avait aussi une autre particularité. J'ai rarement vu quelqu'un s'énerver aussi violemment lorsqu'un problème d'intendance survenait. Si l'un de ses costumes de scène n'était pas parvenu à temps, il était capable de hurler sur l'habilleuse comme s'il s'apprêtait à la lyncher.

L'une des dernières fois où je l'ai vu, ce fut exactement de la même manière que lorsque j'avais croisé mon père vingt ans auparavant. Je montais un escalier vers un bar alors que Claude descendait. Il ne m'avait pas rencontrée depuis plus de trois mois : « Alors Mademoiselle Grisoni, comment ça va ? » Je l'avais fusillé du regard tout Claude François qu'il était et j'avais martelé ces mots en tapotant violemment mon index contre son torse : « Dis-moi, Claude François. Tu ne m'appelles plus jamais comme ça, tu as entendu ? Ce sont seulement mes amis qui ont le droit de m'appeler Grisoni… OK ? » Il était décomposé. Par la suite, je ne l'ai plus aperçu que sur les plateaux de Maritie et Gilbert Carpentier. Claude était un artiste prodigieux, généreux sans doute pour son public et ses amis mais incapable de partager avec ses pairs. Dommage…

28

Mais je l'ai dit : 1971, malgré ces quelques désillusions, sera une année phare. En août, je rejoins Zoo, le groupe qui accompagne Léo Ferré, pour faire le bœuf avec eux et préparer ensemble l'album « Visage ». Léo Missir me téléphone à l'hôtel Métropole où je réside : « Nicole, j'ai une chanson à te faire écouter. Tu vas voir, c'est génial, c'est vraiment pour toi. » Une chanson que le grand Hubert Giraud a enregistrée à Madrid avec le groupe Pop Tops. Pierre Delanoë, disparu l'année passée et qui fut l'un de nos plus illustres paroliers, a tout de suite donné son accord à Barclay pour écrire des textes sur la mélodie qu'il adore. Pierre est un monsieur un peu bourru mais qui sait toujours où il va. Sous ses dehors d'ours mal léché, il cache une sensibilité hors normes.

Delanoë connaît par Léo Missir l'histoire de Maman et de Mémé. Par une alchimie dont il avait seul le secret, il écrit en quelques heures une chanson magnifique qui deviendra mon plus grand hit et sera reprise par nombre de stars tout autour de la planète : cent cinquante versions verront le jour et m'offriront gloire et respect : « Mamy Blue »… Dans la foulée, Léo Missir enregistre une version anglaise par Joël Daydé, le chanteur des Zoo, sur la même bande orchestre. Bravo, quelle belle idée ! Et dire que les paroles de Delanoë m'ont tellement atteinte que j'avais demandé à Pierre de les changer. Il n'avait rien voulu savoir. Et comme je le remercie aujourd'hui de n'avoir pas cédé. « Nicole, je comprends très bien que ça te secoue mais je ne changerai pas un mot parce que je suis sûr de ce texte. Des chansons, j'en ai écrit des centaines. Parfois, j'ai changé un mot par-ci, par-là. Mais celle-là, je n'en retoucherai pas une virgule », m'avait-il dit avec une fermeté empreinte de tendresse.

Entends-tu Mamy ?

« Je suis partie un soir d'été/Sans dire un mot, sans t'embrasser/Sans un regard sur le passé/Dès que j'ai franchi la frontière/Le vent soufflait plus fort qu'hier/Quand j'étais près de toi ma mère/… Oh Mamy Oh Mamy Mamy Blue Oh Mamy Blue/Entends-tu Mamy ? »

Je me suis demandé en lisant son texte, avant même de le chanter pour la première fois, si Pierre n'était pas un peu médium. Qu'il ait eu vent par Léo de deux ou trois drames de mon enfance était une chose. Mais qu'il ait su restituer aussi parfaitement ce que je ressentais depuis la disparition de Maman m'avait littéralement crucifiée. Grâce à Hubert Giraud et Pierre Delanoë et peut-être aussi à toute la foi que j'ai mise à interpréter « Mamy Blue », Barclay dira devant tout son staff cette phrase dont je suis la plus fière professionnellement : « J'ai signé Trenet, Dalida, Aznavour, Nougaro, Brel, Ferré, Ferrat, Mitchell, Le Forestier, Gréco.... Mais je suis aussi très fier d'avoir découvert des artistes tels que Nicoletta et Balavoine... »

La pochette bleue du disque devient culte et le simple s'envole à plus de 800 000 exemplaires. Avec la version anglaise, le 45 tours se vendra en quelques mois à plus de deux millions d'exemplaires dans le monde. J'en profite pour réaliser ma meilleure vente d'albums puisque le 33 tours de « Mamy Blue » dépasse la barre des 150 000. Certains feront la moue en lisant ce dernier chiffre mais, je le répète, à cette époque, le 45 vinyle est encore roi.

Et comme un bonheur n'arrive jamais seul – j'avais durant vingt ans constaté que l'adage se vérifiait surtout pour moi dans le malheur ! –, Léo Missir m'avait annoncé que Jacques Chancel m'invitait à son mythique

« Grand Échiquier ». Je répète avec Léo cet après-midi lorsque Joël Favreau, un fameux guitariste acoustique, me prend par le bras et m'amène devant un autre de mes dieux : Georges Brassens, égal à lui-même avec ce bon sourire qui dévore ses moustaches de Gaulois : « Oh ma petite Nicoletta, quel plaisir de se rencontrer... » Je suis tellement scotchée de me retrouver nez à nez avec lui que je glousse un modeste « Oh merci, c'est gentil... ». Rien d'autre. Je suis trop intimidée. Il s'en rend compte et me tend sa main. C'est son amitié qu'il me tend aussi car, grâce à lui, je chanterai plus tard à Bobino pendant trois semaines.

La fraternité de Brassens

Grâce à lui également, j'ai retrouvé quelquefois l'ambiance qui régnait autour de la table familiale lorsque Mémé était parvenue à imposer le calme à mon grand-père et à mon oncle. Cette fraternité des gens de peu, je l'avais ressentie lorsque j'avais retrouvé Brassens dans sa maison en Bretagne. Je chantais dans le coin et il m'avait gentiment envoyé son ami Moustache, un sacré batteur de jazz, pour m'inviter à dîner avec eux. Toile cirée rouge et blanche, un petit vin des familles, du bon pain, deux ou trois cochonnailles et surtout une bonne humeur de tous les instants. Brassens – impossible d'oser l'appeler Georges – vous mettait à l'aise immédiatement comme il l'aurait fait avec sa propre enfant. Avec le compliment d'Eddie Barclay, ce soir-là, j'ai entendu la plus belle chose qu'on ait prononcée en ma présence. La même année, Hubert et Pierre m'avaient offert « Mamy Blue ». J'étais aux anges. Et Brassens parachevait ce début de seventies par ce cadeau : au moment où je buvais mon café, les yeux baissés car j'avais du mal à me plonger dans le regard du maître, il m'avait glissé ces simples mots : « Tu vois, la petite, je t'aime bien parce que tu es vraie. Ne change rien… »

29

« Mamy Blue » a donc bien été le tournant de ma carrière. J'ai été profondément émue, l'an passé, par ce que j'ai pu vivre durant quelques secondes le soir du 14 Juillet. Un groupe de jeunes gens avançait rapidement vers les quais de Seine pour mieux regarder le feu d'artifice. J'ai été bouleversée lorsqu'un grand gaillard d'à peine dix-sept ans s'est mis à entonner « Mamy Blue ». Et ses amis, garçons et filles, de reprendre en chœur trente-six ans après ce titre qui m'a consacrée. Une chanson aussi qui, sans que je m'en aperçoive, allait sceller définitivement mon entrée dans l'antre du gospel. Je suis convaincue que les chœurs du refrain enregistrés à Londres sous la direction de Yvan Julien ont considérablement fait pour le succès de « Mamy Blue ».

Une deuxième chose non négligeable : beaucoup d'enfants se sont mis à appeler leur grand-mère Mamie, alors qu'ils la nommaient auparavant Mémé comme je le faisais, ou Grand-Mère comme je l'ai souvent entendu dans d'autres familles. Je ne suis pas peu fière d'avoir peut-être contribué à l'évolution de la langue ! J'ajoute un point d'exclamation. Sait-on jamais : chez les mauvais coucheurs, l'humour n'est pas la chose la mieux partagée...

Pour ce qui était du partage, je me posais là. Quai des Célestins, dans mon appartement, les fêtes se succédaient. Champagne et plus souvent encore pétards car en 71, la fumée qui fait rire était – je ne vous apprends rien – très à la mode. J'étais prodigue et comme toujours beaucoup en profitaient. Parfois un peu trop même. Ainsi mon appartement a-t-il été cambriolé de fond en comble durant une tournée. Il faut dire que j'avais quelquefois offert des visites gratuites de mon chez-moi à des personnes peut-être encore moins recommandables que ce que j'avais pu en juger. J'étais fofolle. Je me fichais de savoir si j'étais en train de réussir. Je l'ai écrit : je voulais vivre, vivre, vivre...

Ferré complote

Car je connaissais par cœur mieux que personne la chanson de Ferré, « Avec le temps ». Et ce fut d'ailleurs un autre immense cadeau lorsqu'il m'invita à la chanter à ses côtés au « Grand Échiquier » du délicieux Jacques Chancel. J'ai rencontré pour la première fois Léo dans les studios de Barclay à Neuilly. J'étais très amie avec les membres du groupe Zoo avec lesquels il était en tournée et qui faisait un malheur à l'époque. Je les avais beaucoup fréquentés dans les boîtes de rock londoniennes. J'étais particulièrement copain avec deux d'entre eux, Ripoche et Carlet, des premiers prix de Conservatoire qui n'avaient pas trahi leurs ambitions en devenant de fameux musiciens. Ils m'avaient présenté à Léo qui fulminait, assis dans un coin du studio : « Rapprochez-vous les enfants… Il faut que je vous dise : Barclay, ça ne va pas du tout… La nuit, il fait du doublage de pressage avec les disques. On est tous volés. C'est un voyou, je vous dis… Il ne les numérote pas et après il les revend en douce chez des disquaires sur la Canebière… » Il essayait de nous pousser à la contestation. Tout cela était raconté avec sa voix et son accent qui en faisaient un être unique. Si Barclay avait entendu le dixième de ce que Léo venait de débiter, il aurait peut-être perdu pour une fois son flegme légendaire…

Je me souviens aussi de ce concert à l'Opéra-Comique où j'étais allée l'applaudir. Je ne remercierai jamais assez mon autre Léo, Missir celui-là, de m'avoir convié à tous ces concerts qui m'ont tant fait avancer. À l'entracte, nous nous étions rendus dans sa loge. Il était là comme effondré, avec son gros chien-loup à ses pieds. Le même soir, Serge Lama avait accompli son premier Olympia. « Ah, tu es là la petite… Je viens d'entendre les journalistes à la radio. Ils disent que Lama, c'est la nouvelle star. A star is born (qu'il prononçait « euh starrrr izeu borneu ! »). Mais alors, si Lama, c'est une star, qu'est-ce que je suis moi ? Une galaxie ! » Cet instant extraordinaire m'avait démontré que même les plus grands, même les monstres sacrés tels que Ferré continuaient à avoir un ego de vedette débutante et des réactions de petit garçon. C'était en même temps si émouvant…

La fille du diable

Une autre fois, j'étais passée dans la même émission que lui chez les Carpentier. Il était tout en jean, blouson et pantalon avec son col roulé noir d'anar. J'étais en minijupe et en bottes pour changer ! En me voyant arriver sur le plateau, il s'était écrié : « Oh ! Oh ! On dirait la fille du diable ! » Et il avait commencé à se tourner dans tous les sens pour me faire admirer son ensemble en jean qu'il avait acheté à Londres. Sur l'une des poches avant étaient brodés au fil rouge ces simples mots : « Maman, je t'aime ». Que pourrais-je ajouter au sujet de Ferré ? Même si on le dit un peu trop fréquemment, nous avions trois dieux de la chanson : Brel, Brassens et lui. Ils sont tous les trois partis et, même si au fond d'eux ils se moquaient bien de la postérité, il n'en demeure pas moins qu'ils sont et resteront immortels. Tout comme Nougaro, leur petit frère, ils demeurent pour moi les représentants et les maîtres d'une certaine éthique qui tend à disparaître dans les méandres de l'industrie.

1968. «Pour Nicoletta, une des nôtres». Signé Siné.

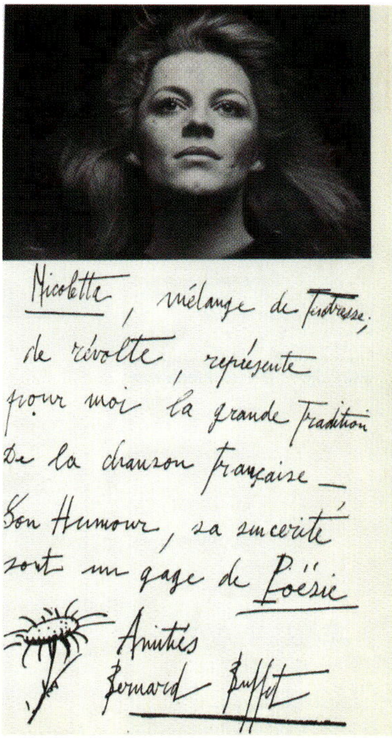

1971. Autographe de Bernard Buffet.

1972 . Avec Jean-Claude Brialy lors de la sortie du film *Les Volets clos.* DR.

1975. Ma grand-mère et moi à la sortie du bateau Lausanne-Evian. DR.

1978. A Venise avec Hervé Vilard. DR.

1979. A Tokyo, avec de gauche à droite, Daniel Carlet, mon chef d'orchestre, mon amie Kazuko et Eddie Barclay. *DR.*

1980. Bobino. De gauche à droite : Hervé Vilard, Dave, Yves Mourousi et Patrick Chappuis, le père de mon fils, Alexandre. *DR.*

1982. Avec Michel Drucker me présentant sur scène en concert à Laval.
DR.

1982. L'anniversaire de mes 38 ans. Eddie-Barclay au piano.
© Gerard Neuvecelle.

© Alain Marouani.

© Alain Marouani.

1973. Une photo d'Alain Marouani dans ma robe blanche pour l'un des mariages d'Eddie Barclay. © Alain Marouani.

1999. Avec William Sheller. *DR.*

2002. Avec Nina Morato et Gilbert Bécaud. *DR.*

2005. Avec Alain Delon.
© Jacques Benaroch, Sipa Press.

Avec Jean-Christophe Molinier.

Avec Pierre Delanoë,
la dernière fois que
nous nous sommes vus. *DR.*

© Jean-Christophe Molinier.

2007. En concert avec mon chœur gospel. © Cécile de Courcy.

30

Et les concerts ont succédé aux concerts, et les tournées aux tournées. Après le Maroc où je suis devenue très amie avec une des sœurs du roi Hassan II, une princesse au premier sens du terme, j'ai chanté au gala du MIDEM à Cannes puis participé à une soirée antiraciste avec Johnny et Enrico Macias. Ce fut un concert pionnier bien avant ceux qu'organisèrent SOS Racisme. Mais à l'été 72, j'allais vivre une formidable galère et en même temps un pur moment de jouissance avec le public.

J'étais enfin consacrée comme une vedette à part entière. J'avais désormais des premières parties et n'en faisais quasiment plus. Le Podium Europe n° 1 qui se déroulait du 15 mai au 7 septembre avait laissé un tas de vedettes sur le carreau. Dalida avait craqué et on chuchotait à Barclay que c'était une folie pour moi de m'attaquer à un tel périple. Ils ne savaient pas encore de quel bois se chauffait la petite Savoyarde ! Cent dates… Vous avez bien lu, cent dates. Plus une tournée de printemps et une d'automne-hiver, ce qui fera un total de deux cent cinquante concerts cette année-là. Pendant la tournée d'Europe n° 1, le jour de relâche sera le dimanche, plus un break de quelques jours fin juillet-début août et c'est reparti chaque soir du Touquet à Biarritz.

Nicoletta marathonnienne

J'ai adoré le Podium. Jean Serge, l'ancien régisseur de Piaf, que m'avait présenté Théo Sarapo en était le grand patron – il gérait la régie d'Europe n° 1 –, un monsieur délicieux qui m'envoyait des petits mots d'encouragement dans lesquels il me disait que tout le métier aurait préféré une star masculine pour cette tournée. Il me faisait confiance et savait que j'allais réussir le pari. Quelle tournée ! Je partageais la vedette avec Carlos qui est un vrai show-man et avec lequel on aimait faire la fête chaque soir. Il connaissait tous les endroits joyeux, bar ou club des stations balnéaires. Il aurait pu écrire le guide des bars de France et de Navarre. Comme nos nuits étaient courtes mais que nous chantions toujours devant 10 000 à 30 000 personnes, nous étions vraiment heureux d'être là. Nous faisions un tabac dans chaque ville où le public était très familial, et c'est là que j'ai compris les privilèges que la scène peut offrir. Europe n° 1 nous annonçait dix fois par jour à l'antenne.

A ces concerts gratuits, le public venait en masse. Quand ils ne payent pas, les gens sont plus difficiles à séduire. Nous sommes un cadeau et ce cadeau doit être parfait. Je me lançais corps et âme sur scène avec l'impression d'être une lionne dans l'arène. Un véritable combat. Il fallait se battre non seulement contre le public mais aussi savoir faire abstraction du sable, du crachin, de l'humidité, du bruit des pétards, des manèges enchantés... Mais j'avais tout de même tenu mes cent dates. À la fin, je ne devais pas peser plus de 46 kilos mais j'avais encore la peau sur les os et j'ai continué la route concert après concert, studio après studio.

Je veux dire à ce titre que je suis fière de ne pas avoir annulé un seul concert en quarante ans. Ah si ! une seule fois... J'étais à Monte-Carlo une nuit de 31 août et il me fallait trouver un avion qui me transporte à Villeneuve-Saint-Georges le lendemain. Impossible à cause des embouteillages. Je loupe l'avion. J'essaye d'en louer un à Nice. Le temps que l'on nous le prépare, j'avertis la gendarmerie de Villeneuve-Saint-Georges que l'on allait se poser à 21 heures à l'aéroport d'Agen. Catastrophe ! Celui-ci n'étant pas balisé à l'époque, nous n'avons pas pu atterrir. Évidemment, on m'a fait un procès que j'ai perdu et j'en ai voulu à mon Marouani de service qui avait si mal organisé cette tournée.

Rivalités d'affiche

Je pâtissais de jour en jour de la jalousie de certains de mes confrères hommes qui ne supportaient pas que mon nom figure sur les affiches au même niveau que le leur, c'est-à-dire en covedette dans une grosseur de caractères identiques. Certains que je refuse de nommer par compassion – de sacrées vedettes – avaient exigé que leur nom soit encadré à défaut de réduire le mien. Je jure que l'anecdote est authentique et je sais aussi qu'il faut l'avoir vécu pour le croire. Les mêmes avaient une autre technique pour que je passe avant eux sur le podium : appeler affolé en expliquant que leur voiture était en panne ou parfois, plus gros, qu'un orage s'était abattu à dix kilomètres de la station – alors que le temps paraissait au beau fixe – et qu'ils étaient sur le bord de la route incapables d'avancer ! La seule chose que je puis dire, c'est que ces attitudes infantiles étaient toujours le fait de vedettes masculines qui avaient bien du mal à gérer la notoriété de leurs consœurs de scène…

En octobre 72, j'avais chanté aux côtés de Ferré, Brassens, Nougaro, Reggiani et Le Forestier lors d'un gala contre la peine de mort au Palais des Sports. Il faudra attendre encore neuf ans pour que Mitterrand ait l'intelligence de supprimer enfin la sanction capitale en France. Lors de ce gala, je ne savais pas vraiment si mon cœur était à gauche mais auprès de tous ces grands de la chanson, j'aurais presque été prête à prendre ma carte ! En revanche, je n'ai jamais appelé à voter ni pour Giscard, ni pour Mitterrand, ni pour Chirac, ni pour Sarkozy. Je pense comme quelques autres que ce n'est pas notre rôle de nous transformer en porte-parole. Mais quel que soit le Président, s'il a été élu, je le respecte. Sauf s'il était d'extrême droite.

Et comme je l'ai dit à Laurent Ruquier qui me posait la question à l'époque où l'on parlait beaucoup de l'exil helvétique de Johnny : « Mais vous qui êtes franco-suisse, vous ne vivez pas en Suisse ? » Je lui avais répondu : « Je suis la seule Suisse réfugiée financière en France. Mais quant à mon ami Johnny, il fait ce qu'il veut. »

Voir Rio et mourir

Je file ensuite à Rio grâce à mon ami Georges Moustaki, un chanteur-poète magnifique qui doit avoir inspiré l'inventeur de l'expression « avoir le cœur sur la main ». Le Brésil, j'aurai bien du mal à en revenir car instantanément ce fut pour moi une terre d'élection. Un pays sublime où tous les sens sont constamment en éveil, où dans n'importe quelle boîte de nuit ou sur le bord d'une plage, avec une modeste percussion et une guitare, la musique enflamme les corps et les esprits en quelques secondes. Je fais là-bas immédiatement la connaissance de Jorge Ben. J'assiste avec mes musiciens à un derby carioca à Maracaña où les équipes de Fluminense et de Flamengo sont opposés. J'adore le foot. Mon oncle m'emmenait sur les terrains savoyards où il jouait tous les dimanches. Voir à l'œuvre de tels magiciens – le Brésil de Pelé est alors champion du monde – entre deux écoles de sambas qui, dans les tribunes, rivalisent de couleurs et de rythme, m'enchante et je me dis alors que je ne reverrai peut-être plus Paris...

Jorge Ben est un compositeur exceptionnel et il me joue une de ses dernières créations un soir dans sa loge : « Flo Maravilla », quelle chanson ! À tel point que je décide d'acheter tout son catalogue pour le faire connaître en France. J'en garde quelques-unes pour mon répertoire dont « Flo Maravilla » que mon copain Boris Bergman – ce parolier de génie auquel Bashung doit beaucoup – réinventera un mois après. Un texte tout en onomatopées – le style Bergman – qui sonne d'enfer et déchire, comme diraient les djeuns. Énorme tube en France. Entre-temps, j'ai fondé Rapa Nui Music, ma propre société d'édition.

Barclay est furax mais ne me le montre pas trop. Il me dit simplement : « Ma petite Nicole, tu sais, le Brésil, je connais très bien. J'y vais chaque année pour le carnaval. Ça ne marche pas en France. Je te souhaite bon courage quand même. À part ça, t'es bien gentille mais faut pas confondre l'artistique et le commercial… » avait-il conclu en agitant la main de gauche à droite comme un essuie-glace d'autocar.

Question de Feeling

« Flo Maravilla » sera pour moi un énorme tube et la vogue brésilienne démarre. J'enregistre dans la foulée « Aïe aïe caramba », Moustaki « Les eaux de Mars », Vassiliu « Qui c'est celui-là » et Fugain devient le roi de la samba avec son Big Bazar. L'année suivante, Jorge Ben sort un medley qui fera le tour du monde. C'est beau quand plein d'oiseaux swinguent sur la même vague.

Dans le catalogue de Jorge Ben se trouvait une chanson de Morris Albert, « Feeling », un autre succès planétaire que j'avais rapporté pour le donner à Hervé Vilard mais il céda sa place à Mike Brant en convalescence qui l'adaptera en français sous le fameux titre « Dis-lui », sa dernière chanson que des millions de personnes continueront à chanter les larmes aux yeux après son suicide. « Dis-lui » provoquera, bien des années après que j'eus partagé les droits d'édition avec Mike, le dépôt de bilan de mes éditions. Rapa Nui Music et mon gérant Daniel Carlet, en tant que représentant sur le territoire de cette musique brésilienne, fut assigné par Line Renaud et son mari Loulou Gasté qui estimaient qu'il y avait beaucoup de points communs avec l'un de leurs titres… Cette assignation survenait cinq ans après que Mike Brant fut parti. Je trouvais cela injuste et lamentable d'autant que j'avais partagé mes droits avec la famille de Mike puisqu'avant sa disparition nous n'avions rien signé. Je lui avais simplement donné ma parole que j'ai tenue et j'étais bien mal récompensée.

Pour ne pas finir cet épisode brésilien sur une note trop triste, je me souviens à l'instant de l'inénarrable Guy Lux, un grand de la télé que l'on a tous adoré. Je le revois sur le plateau de « Cadet Rousselle » débarquant comme un diablotin sorti de sa boîte. « Bon, les enfants, il va falloir se presser. Bonjour Nicole, ça va bien ? Bon, où sont Jorge et Ben ? Et qui est Jorge ? Et qui est Ben ? » Rires certifiés authentiques ! Et tout le monde de se gondoler derrière les caméras. Sauf Guy qui continuait à chercher Jorge… et Ben dans les coulisses.

31

En 1973, deux albums, « Enfants chantez l'espoir » et « Flo Maravilla » sont en très bon rang dans les charts. Je reçois en tant qu'auteur le prix de l'Académie Charles Cros, pour la chanson de l'album « Les enfants de l'espoir » signé, pour la musique, par mon chef d'orchestre Daniel Carlet. Dans le deuxième album, on trouve aussi une musique de Paul Misraky et Remo Forlani que m'offre d'enregistrer mon ami Jean-Claude Brialy pour le générique du film du même nom, *Les Volets clos*, qui sera sa première réalisation.

Jean-Claude ! Qu'écrire sur lui qui n'a pas déjà été dit. Oui, c'était un formidable conteur. Oui, c'était un être attentionné et délicat. Oui encore, c'était le meilleur des amis. Oui enfin, il aimait sincèrement les artistes. Il a écrit de moi : « Nicoletta fanal dans la nuit, chante avec son corps, généreuse et directe elle jette sa voix brisée au vent qui souvent l'emporte, la déchire, l'étouffe ou la grandit et se plante toujours dans le cœur de ceux qui croient à l'amour. » Si, comme l'a écrit un grand penseur, le style c'est l'homme, en le lisant, en l'écoutant, comment ne pas penser que nous avons perdu avec lui un être d'exception…

Puisque l'on en est aux citations de certains grands esprits, je dois dire que j'ai rencontré deux autres messieurs à part dans ma petite carrière : l'un René Clair, magnifique cinéaste, que j'avais retrouvé lors d'une émission spéciale et qui m'avait confié qu'il avait le trac en ma présence… alors qu'il ne savait pas que je tremblais de tous mes os de disserter en direct avec un esprit tel que le sien. Et l'autre qui est devenu l'un de mes bons amis : c'était le peintre et sculpteur Bernard Buffet qui ne sait pas à quel point ces quelques mots m'ont permis de conquérir mes lettres de noblesse. Avec son écriture si particulière dont on trouve la signature sur chacun de ses tableaux, il avait écrit sur une plaquette : « Nicoletta, mélange de tendresse, de révolte, représente pour moi la grande tradition de la chanson française. Son humour, sa sincérité sont un gage de poésie. » Qu'on ne m'en veuille pas d'avoir eu l'immodestie de reproduire ces citations mais c'est une manière pour moi de dire ici que chanteuse de variétés, on n'en est pas moins perçue comme une artiste par d'autres authentiques artistes. Je n'en suis toujours pas revenue !

L'idole des idoles

Car le melon, j'aurais pu le prendre bien sûr. En 1974, le cinéma faisait appel à moi à nouveau pour chanter le générique en français du chef-d'œuvre *Papillon*. J'avais enchaîné avec une tournée au Japon où je faisais six télés dans la même journée et où ils m'avaient baptisée « la Panthère de Paris ». J'entendais à tout bout de champ à mon propos les vocables de « vedette », de « star », de « grande personnalité de la chanson ». Il fallait un réel sang-froid à pas même trente ans pour ne pas avoir l'impression d'être la reine du monde. D'autant que la presse s'en mêlait et me déroulait le tapis rouge. Je vous l'ai raconté auparavant : un journal avait même titré : « Nicoletta : l'idole des idoles »...

Cette notoriété, je faillis en faire les frais lors d'une tournée en Turquie. C'était pour le bal de la presse à Ankara et je devais y chanter devant le président de la République. J'étais tranquillement dans ma suite en train de boire un verre avec mes musiciens avant notre prestation lorsqu'une chanteuse très en vogue dans son pays, Ajda Pekan, se précipite pour me raconter un traquenard abracadabrantesque. En gros, il s'en était fallu d'un cheveu pour que je revive *Midnight Express* ! En effet, une sorte de paparazzi avant l'heure avait caché à l'intérieur d'un bottin dans ma chambre une épaisse plaque de hachisch. Son intention était rocambolesque. Me dénoncer par téléphone à la police turque qui aurait fait irruption dans la suite, m'aurait menottée et, dans le couloir, il aurait pu shooter de précieux clichés revendus à prix d'or dans le monde entier. Le pot aux roses a été découvert par Ajda qui l'a entendu se vanter de son plan à un autre paparazzi avant qu'il ait pu commettre son forfait. Ma belle Ajda, tu m'as sauvé la vie ce soir-là. Elle a couru avertir Erkam, le producteur local, et nous avons tous fouillé de fond en comble ma suite. Je peux vous dire que ce photographe s'est pris, par mes amis turcs du métier, une sacrée raclée...

Alice fait des merveilles

Allez, encore un peu de légèreté nous fera le plus grand bien. Car, en mars 74, deux mois avant l'arrivée de Giscard au pouvoir suprême, je rencontre une star absolue de la pop-music. J'ai nommé Alice Cooper tel qu'en lui-même, peinturluré de bas en haut, les ongles des mains au vernis turquoise et je n'ai jamais vu les ongles des pieds... Vous serez surpris d'apprendre qu'il devait passer dans l'émission de Guy Lux mais il faut imaginer qu'en ce temps-là, il n'y avait que trois chaînes, que les clivages musicaux ne fonctionnaient pas de la même façon et que le formatage télévisuel n'obéissait pas aux lois d'un marketing ultrarigide. Ne pas oublier non plus que la radio n'était pas aussi plurielle qu'elle le deviendra avec la vague FM.

Jean-Bernard Hebey qui travaille à RTL nous invite un soir à dîner avec Alice. Nous nous donnons rendez-vous chez Régine qui est alors l'endroit où il faut être vu. Mais « Maman » joue les cerbères et ne nous laisse pas entrer. Pas assez chicos pour madame ! « Tant pis, on reviendra en smoking et gibus ! », s'écrie Jean-Bernard. Alice, lui, se moque de ce contretemps. Il doit aller donner à manger à Esméralda à l'hôtel Crillon. Sa chienne ? Non. Sa chatte ? Non. Son cochon d'Inde ? Vous n'y êtes pas … Esméralda, c'est son magnifique python femelle qu'il nourrit à heures fixes d'une dizaine de souris blanches vivantes. Alice ne doute de rien et nous invite à pénétrer, mon amie Françoise et moi, dans la salle de bains pour assister au dîner. Nous sortons en hurlant de la chambre. Ce type est vraiment dingo !

Mais Jean-Bernard nous explique vite qu'Alice Cooper, qui ne se sépare jamais de sa pythone sur scène, est obligé de la nourrir ainsi pour contrôler sa digestion car la bête toujours enroulée autour de son cou serait capable de l'étouffer en cas de bug ! Bon d'accord. Direction chez Régine qui, cette fois, nous accueille avec le sourire. Normal. Maman voit arriver une troupe en frac avec un Alice Cooper en chapeau haut de forme et redingote et les filles en robe longue, comme dans un film noir et blanc américain des années 60. Ce soir-là, je présente Alice gavé de whisky-bière à Aristide Onassis en personne qui, le regard fixe, est perdu dans ses pensées. Le pauvre homme a perdu son fils et noie son chagrin dans l'alcool fort. Il a de chaque côté des paupières deux bouts de scotch qui lui permettent de garder les yeux ouverts. « Eyes wide shut », comme le dernier film de Kubrick..

32

En juin 74, la vogue tropicale se poursuit. Nouveau gros hit avec « Aïe aïe Caramba » que je chante dans mon premier « Top à Nicoletta ». Au programme, duos avec France Gall, Claude Nougaro – un « Armstrong je ne suis pas noir » endiablé –, Jacques Dutronc, Patrick Juvet. Un moment important pour moi parce que toute la famille et les amis peuvent me suivre en direct juste après le journal télévisé. Fière bien sûr mais au bord du fou rire lorsque Gilbert Carpentier vient me trouver juste avant le direct : « Bon, Nicole, attention, c'est à toi une seconde après le lancement de la speakerine. Tu ne t'énerves pas, hein ? Et si tu te trompes, surtout, tu ne dis pas merde, hein ? » D'accord, Monsieur Carpentier, je vous promets que je ne dirai pas de gros mots à l'antenne. Pas de scandale. Pas une virgule de trop. Bien carrée et bien sage. Comme toujours, Monsieur Carpentier. J'ironise gentiment mais Maritie et Gilbert ont été des formidables faiseurs de variétés. Ils ont souvent donné des couleurs à la télé quand elle était encore en noir et blanc.

En 1975, les concerts s'empilent. Je ne vois plus le jour mais j'aime ça. J'aimerais beaucoup moins les dix dates que je fais à l'Olympia qui auraient pu être le plus beau souvenir de ma carrière de chanteuse. Salle comble, rappel sur rappel mais au final, Bruno Coquatrix oublie de me payer. Je ne toucherai jamais un centime sur cette série de concerts. Ce qui me console, c'est que je ne fus visiblement pas la seule. Cela ne m'empêche pas de réaliser un joli succès avec un nouveau 33 tours, « Sur les bords de la tendresse », et de cartonner encore avec un de mes titres fétiches, « À quoi sert de vivre libre ? ».

Drucker toujours là

De 1976, je retiens que je suis définitivement devenue une stakhanoviste qui dévorait les kilomètres sans se soucier de la fatigue. Je fais une nouvelle fois le Podium d'Europe n° 1. En novembre, je sors un album au très joli titre, « L'amour violet », réalisé avec mon complice de toujours Daniel Carlet.

Noël 76 va être l'occasion de vérifier que Michel Drucker est égal à lui-même. Un garçon d'une générosité exceptionnelle qui m'a constamment été fidèle. Qu'est-ce qu'un ami ? Un être dont on peut dire : il a toujours été là. Dans les joies comme dans les peines. Et Michel est ce genre de garçon. Le soir de Noël, j'appelle Mémé. Elle ne semble pas dans son état normal. Elle m'explique tout de suite que Michel vient de lui téléphoner sans que je le sache tout simplement pour lui dire : « Joyeux Noël, Madame Grisoni ! » Elle me raconte cela comme une petite fille. Je suis profondément émue et je me souviens alors que Michel a été le premier à m'inviter sur un plateau télé en 1967. C'était aussi une première pour lui : « Tilt Magazine » en direct des anciens abattoirs de Paris. Il venait de quitter le journalisme sportif et se lançait dans la variété. Cela ne l'a pas empêché, je crois, de commenter encore des matchs de foot, dont on sait qu'il est littéralement fondu.

En dehors de sa simplicité, de son exigence et de son professionnalisme, ce qui a fait la force de Drucker, c'est qu'il a vécu à chaque seconde dans la peur de louper un artiste d'exception. C'est ce qui lui a permis d'être tout au long de sa carrière en éveil, sur le qui-vive comme un gardien de but aguerri qui s'attend toujours à un mauvais coup d'un avant-centre adverse...

À Noël donc, RTL me demande de chanter durant une messe de minuit qui sera retransmise en direct dans l'émission « Les Routiers sont sympas » animé par Max Meynier. Max a demandé aux routiers de poser des guirlandes sur leur bahut afin de nous rejoindre aux entrepôts Calberson. Génial ! Le périphérique est illuminé de mille feux. 20 000 personnes se pressent pour assister à cette messe. En trois jours, le 45 tours « Glory Alléluia » se vend à près de 100 000 exemplaires. Le concert est bien entendu retransmis sur RTL. Un tabac ! Mémé me téléphone le lendemain : « Nicole... J'ai passé un Noël magnifique... Le pape à la télé... Toi à la radio... Je suis comblée, c'était magique... Mon petit, comme c'est bien quand tu chantes le gospel... » Ce sera la première fois de ma vie que j'interprète du gospel en anglais. Selon la tradition. Quand on emprunte à une culture, il faut savoir lui rendre quelque chose. Une fois de plus, je ne le sais pas encore, cette phrase va cheminer dans ma tête. Une fois de plus, Mémé m'a montré la route à suivre.

Tout un fromage

C'est aussi en 1976 que je rencontre un homme qui va bouleverser mon existence puisque, quelques mois plus tard, il deviendra mon mari. Patrick Chappuis est un artisan-bijoutier genevois de grand talent mais surtout le père de mon unique enfant, Alexandre. Il est très séduisant et il le sait. J'avais invité quelques copains de Genève dans ma maison au-dessus de Thonon. Soirée très agréable. Je suis dans la cuisine où je m'échine à découper du comté en dés en vue de faire une fondue lorsque ce Patrick, que je n'avais jamais vu deux heures avant, se pointe devant moi, me fixe et me lance : « Est-ce que tu sais que t'es très mignonne quand tu coupes ton fromage ? » Je ne le regarde pas mais je pense instantanément en mon for intérieur : « Mais qu'est-ce qu'il me veut celui-là ? Personne ne m'a jamais attaquée comme ça… sur le fromage ! » Cinq mois plus tard, le 17 janvier 77, nous passons devant Monsieur le maire des Eaux-Vives à Genève.

En fait, ce grand malin n'a cessé de faire la cour à Mémé durant tous les mois précédents. « Elle est bien votre petite-fille, lui avait-il dit. Elle est bien, mais moi, j'aime aussi la grand-mère. Parce qu'une grand-mère comme ça, je n'en ai pas eu… » Mémé tombe elle aussi sous le charme et lorsque quelques secondes plus tard il lui dit : « Je crois bien que je vais vous demander sa main », elle opine du chef. Et je ne résiste pas non plus. Grâce à la complicité des élus locaux, les bans ne seront pas publiés. Je tenais à me marier dans la plus extrême confidentialité. Mémé est ravie. Et moi, qui me sens un peu concernée, ça va pas mal aussi… Je vis deux belles histoires d'amour : avec Patrick et avec son pays…

Il faut dire que j'étais épuisée, je me sentais de plus en plus seule, je vivais certaines épreuves comme une proie. Le show-biz est-il un univers impitoyable ? Oui, le show-biz est un univers impitoyable où des dizaines de J.R. vous font des sourires de quinze pieds et cachent, tel Brutus face à César, des dagues prêtes à frapper. J'allais enfin, grâce à Patrick, pouvoir relâcher la pression. J'obtenais la nationalité suisse, ce qui ne changeait guère ma vie.

33

Je pense foncièrement que Patrick m'a permis à trente-trois ans de vivre une vie de femme épanouie et sereine. De notre union est né Alexandre, mon fils, ma beauté, ma plus belle histoire d'amour… Je crois aussi que Patrick m'a ramenée sur Terre et m'a empêchée de tout immoler sur l'autel du dieu show-biz. Même si la vie nous a séparés désormais, je lui en suis infiniment reconnaissante.

Après mon mariage, j'ai « divorcé » de Léo Missir qui a commencé à s'occuper à fond d'une autre chanteuse dont il s'est amouraché et qui l'a épousé. Ma vieille amie Claudie me fait alors venir au Mexique. Elle travaillait pour le grand réalisateur François Reichenbach qui va, grâce à elle, réaliser trois clips de mes chansons pour une grande émission diffusée sur TV Globo. Pendant le tournage, nous nous étions retrouvés au beau milieu de la pampa et on ne peut pas dire que nous vivions dans le plus grand confort. Pas d'électricité dans les villages,

Reichenbach envoyait les play-back, on me prenait pour une sorcière mais j'appréciais cette ambiance sauvage et l'humour ravageur de François. Lequel s'était réfugié à l'arrière du camion VW sans dire un mot. Je l'avais débusqué.

Et lui de me chuchoter : « Pas un bruit, Nicole ! Les autres ne savent pas que je suis là... » Il était en train de dévorer quelques tranches de saucisson et un bon bout de camembert. Du saucisson ! Du camembert ! En pleine pampa mexicaine ! Avec une générosité magnanime, il avait accepté de partager son précieux butin. Je ne saurais jamais si c'était par pure prodigalité ou parce que je l'avais pris sur le fait. Je plaisante. Reichenbach – ce fut ma chance – était de la même race que la plupart de ceux que nous avons croisés ensemble tout au long de ces pages : un vrai seigneur.

Un autre prince de cette confrérie se nommait Fabrice Emaer, le directeur du mythique Palace autour duquel je sors un album en 1978. Fabrice qui m'appelait son « bébé d'amour » et qui m'a démontré rétrospectivement que j'avais d'évidence un certain nombre d'atomes crochus avec la gaytitude.

Alexandre mon grand

C'est Yves Mourousi qui avait animé la soirée au Palace où j'avais donné un concert. Yves que je pleure chaque jour aujourd'hui tant il était ce bon camarade comme je n'en ai plus rencontré de nouveau après sa mort. Yves qui était à la clinique le jour où j'avais accouché d'Alexandre, qui l'avait bercé dans ses bras et qui m'avait émue aux larmes lorsqu'il avait quitté ma chambre de jeune maman. Yves connaissait une grande partie de ma vie et il savait que j'avais toujours eu une appréhension à enfanter. Pourquoi ? La réponse est évidente. Lorsqu'on a eu une mère comme la mienne, attardée mentale jusqu'à son dernier souffle, comment ne pas inconsciemment penser qu'on peut engendrer un enfant qui ne sera pas en tout point normal. Je dois rassurer les lectrices et les lecteurs à ce sujet : Alexandre est magnifique. Et je me moque bien de ceux qui penseront que je m'en vante. J'aime passionnément mon fils et il me le rend bien. Je l'ai toujours traité dès sa naissance en homme libre et que personne ne vienne me reprocher de n'avoir jamais voulu l'attirer dans mon sillage professionnel. Si j'étais secrétaire, je ne l'emmènerais pas au bureau.

Puis, ce qui devait arriver est arrivé. Je rencontre Charles Aznavour à Saint-Tropez. Charles que j'ai toujours vouvoyé. Pourquoi ? Parce que c'est un vrai monsieur, qu'il ne pèse pas cent kilos mais que j'ai rarement rencontré quelqu'un d'aussi intimidant. Charles qui a écrit sur moi cette manière de poème qui me fait rougir mais que je ne reproduirai plus jamais si je ne l'écris pas ici : « Elle a la voix/Des mots du cœur/Des angoisses du corps/La voix/De la véhémence du bonheur cherché/ Perdu et parfois rencontré/La voix/ Qui appelle à l'amour, à l'acte amoureux/Elle est le réalisme de sa génération ». Merci Monsieur Charles…

Confidence d'Aznavour

Mais ce matin, Charles est d'une humeur maussade. Il me regarde avec cet air triste qui a fait craquer les millions de cinéphiles qui l'ont applaudi dans *Tirez sur le pianiste* ou *Les Fantômes du chapelier*. « Nicole, vous ne le savez peut-être pas encore mais Barclay va vendre sa boutique… » Je m'effondre : « Non ! C'est pas possible ! Mais que peut-on faire, Charles ? — Rien… Il n'y a rien à faire… Rien… C'est foutu… » Et il ne m'a plus rien dit.

Ce n'était pas un faux scoop. Barclay vendait. Celui que j'appelais « notre Walt Disney » jetait l'éponge. Certes, il allait continuer à suivre la musique de près mais plus du tout comme un big boss attentionné, lui le Gaston Gallimard de la chanson française. Je ne sais pas pourquoi mais lorsqu'Aznavour m'a fait cette révélation, j'ai immédiatement revu le bureau dans l'appartement d'Eddie. Y étaient entassées des dizaines de peluches. J'étais déconfite et très triste. Papinou prenait sa retraite. Voilà, c'est bien ça. Barclay, c'était un Père Noël qui nous abandonnait sans scrupule.

J'imite, paraît-il, très bien Johnny mais mieux encore Eddie lorsqu'il m'engueulait gentiment chaque fois que je lui tenais tête : « Ma petite Nicole, quelle mouche te pique ! Quel caractère tu as… mais je t'aime bien, tu sais. J'aime les artistes qui ont du tempérament… » Je dois dire qu'avec certains d'entre nous, sur ce plan-là, il n'était pas déçu. Celui qui n'a jamais vu Balavoine envoyer promener Barclay dans un de ses emportements homériques ne sait pas ce qu'est une vraie colère.

Une page venait de se tourner – que dis-je –, un ouvrage de La Pléiade venait de se refermer. Et quelques-uns d'entre nous ne savaient plus lire ni écrire…

34

Je suis alors devenue ma propre productrice indépendante par la force des événements. Comme souvent, j'ai refusé de baisser les bras. C'était une épreuve redoutable mais nous étions plus d'une centaine d'artistes dans la même situation. Pas tous logés à la même enseigne, en revanche. Il n'y a que notre Nougaro qui s'en sort en se refaisant une santé aux États-Unis avec son album, « Nougayork », qui fut pour lui comme une renaissance. On peut donc renaître de ses cendres après la vente de Barclay et sa réussite nous donne un espoir fou.

Dans ce genre de confrontation avec le réel, on comprend vite qu'être chanteur ou chanteuse, c'est aussi une marque de fabrique qui fonctionne ou non dans une logique industrielle. Les années 80 ont marqué les débuts des concentrations et de la concurrence farouche liée à la mondialisation. Qu'allais-je devenir alors que je n'avais plus vingt ans et que, pour un nouveau boss, même si j'étais loin d'être défraîchie, je ne représentais plus en revanche le perdreau de l'année ? Eh bien, je me suis battue et j'ai vécu le plus beau et le plus intense moment de ma vie en accouchant d'Alexandre, le 9 mai 1979. Grâce à mon petit Taureau, je dois lui avouer aujourd'hui, je me suis sentie invincible et toutes les multinationales du disque allaient voir ce qu'elles allaient voir…

Genève pas rock'n roll

En octobre 79, grâce aussi à l'aide affectueuse de Brassens, qui allait disparaître deux ans plus tard, jour pour jour, je faisais un triomphe durant trois semaines à Bobino. Une sorte de pied-de-nez au mauvais sort qui m'avait frappée après la cession Barclay. Un an auparavant, j'avais beaucoup pleuré lorsque Brel nous avait quittés pour toujours. En octobre aussi. Un soir, j'évoquais sa carrière avec un copain alors que nous étions attablés dans un restaurant. J'avais un sacré blues. Johnny traverse la salle, m'embrasse chaleureusement comme toujours en me disant avec sa voix incomparable : « Ça va ma Nico ? Ça n'a pas l'air ? Si ? Bon, je suis content alors… Mais dis-moi, y'a un truc qui me chagrine… Tu t'embourgeoises. Tu sais, tu n'es plus du tout rock'n roll. Tu vis à Genève, et puis je crois que le rock, c'est vraiment pas fait pour les filles ! — Ah oui, pourquoi tu me dis ça à moi ? Eh ben t'as qu'à m'en faire un de rock… vais-je lui répondre un peu piqué. — OK… Je vais m'en occuper. Pourquoi pas ? » Johnny aurait pu rester sur cette réponse de circonstance et botter en touche. Au lieu de cela, une semaine plus tard, je découvrais une cassette dans ma boîte aux lettres où était enregistré « Fille du rock'n roll », dont il avait composé la musique sur un texte de son complice Michel Mallaury. Une fois de plus, Johnny avait tenu parole. Et je savais qu'il avait aussi fait cela pour une seule raison : m'aider et me faire plaisir.

Je sors en mars 1980 « Naturel, Ma Belle » en tant que productrice indépendante. Joli succès grâce entre autres à la chanson « Un homme » signé Jean-Loup Dabadie, sur une musique de Gérard Layanis, arrangement et réalisation de mon ami William Sheller, qui dans un beau geste d'amitié refusera d'être payé. J'avais demandé à Jean-Loup au téléphone de faire une ode à mon enfant, je voulais chanter les angoisses secrètes et permanentes d'une nouvelle maman. Je repars une nouvelle fois vers la gigantesque marée humaine du Podium d'Europe n° 1. Cent nouvelles dates durant tout l'été. Je n'avais plus besoin de courir ou de nager : le sport, je le pratiquais tous les soirs sur scène.

Concerts, galas, récitals… Concerts, galas, récitals… Épuisant. Et je partage ma vie pendant plusieurs années entre Genève et Paris. Je vais bientôt avoir quarante ans. Perdu beaucoup d'argent avec Rapa Nui Music pour les raisons que j'ai évoquées plus haut. Payé énormément de retards d'impôts comme tous les artistes qui, même s'ils sont de sacrées fourmis, finissent toujours par être encore un peu plus cigales. Je me sépare d'un commun accord avec Patrick et je reviens définitivement à Paris en 1984 avec Alexandre dont on me laisse la garde.

Nuits blanches et idées noires

Je reste dans la capitale et reprends le rythme de mes nuits parisiennes. Je tombe alors sur le trio infernal de l'époque – Lavilliers, Higelin, Lalanne –, chez Ali, l'antre des musiciens aux Halles. On délire ensemble autour de bons vins et je rentre à quatre heures du matin. Surprise le lendemain : Lavilliers me téléphone à mon domicile et me demande de le rejoindre au studio Aquarios où il enregistre une nouvelle chanson. J'ai un respect immense pour Lavilliers dont je pense qu'il a écrit deux ou trois chefs-d'œuvre de la chanson française. Ceux qui n'ont jamais écouté « Q.H.S. » ou « Betty » perdent franchement quelque chose. Je crois qu'il est réellement le fils spirituel de Ferré. On peut en revanche ne pas accrocher à tout le folklore autour de lui mais cette ambiance fait partie intégrante du personnage. J'ai assez fréquenté Bernard pour raconter qu'il est le seul à pouvoir, à quatre heures du matin, alors que tout le monde est cuit, se lever d'un bond et vous réciter une heure d'Apollinaire, de Rimbaud ou de Baudelaire.

Je prends un taxi et débarque au studio, je trouve la chanson magnifique, je répète les paroles d'« Idées noires » et Bernard me guide, je place ma voix comme un écho derrière la sienne pour ne pas étouffer sa présence vocale. « Où es-tu quand tu es dans mes bras ? Que fais-tu ? Est-ce que tu rêves de moi… J'veux m'enfuir… Quand tu es dans mes bras… » Réussite totale, tout le monde est heureux en cabine technique, en deux heures le titre est en boîte. Je suis tellement contente d'avoir réussi ce challenge que je lui fais cadeau de ma prestation, étant propriétaire de tous mes droits. Mais sa maison de disques, qui n'a pas d'état d'âme, me fait signer trois jours plus tard une lettre de désistement. Je retiendrai pour toujours la tête de Bernard éberlué de ma générosité, me disant : « Oh, aristocrate avec ça ! » Lavilliers fera une des plus grosses ventes des années 80. Il me remerciera quelques années plus tard en m'offrant une ravissante bossa-nova, paroles et musiques : « samba cançaö ».

35

En 1983, je continue ma petite bonne femme de chemin. Je sors avec Rachid Bahri un nouvel album, dont je suis toujours la productrice. « Qu'est-ce qui m'arrive ? », et puis Mort Shuman, qui prépare un opéra-rock, « Ma ville », me fait enregistrer quelques extraits de sa pièce en tant que vedette féminine sur des lyrics de Claude Lemesle. Il fut mon premier professeur de gospel. Merci Mortimer. C'est toi qui m'as montré le bon phrasé, en me replaçant dès que je chutais sur l'altération du temps. Une des difficultés de cette géniale musique. Tous les matins, je vais répéter chez lui, rue Marbeuf, pour travailler la chanson où j'interprète le rôle de la révolutionnaire Louise Michel, une des héroïnes de la pièce, sur un gospel de son crû, « Femme de Paris ». Mais la maladie commence à le ronger et Mort ne peut plus monter sur scène. Tout est annulé et il ira rejoindre la grande chorale éternelle. Chaque fois que je fredonne « Papa Tango Charly », je repense à ses grosses moustaches de marsouin et à son rire gargantuesque de bon vivant. Mort, comme tu me manques...

Mon divorce est prononcé en 1986. Pas d'assiettes cassées. Ni pleurs ni cris. Deux adultes matures qui se séparent en bonne intelligence. Et, plus tard, nous choisirons ensemble un pensionnat suisse pour m'aider à parfaire l'éducation d'Alexandre.

Le 33 tours « Vivre aujourd'hui » que j'enregistre à Genève au studio Acquarios porte alors bien son nom même si je dois avouer que je suis un peu perdue. Et, comme si le ciel, une nouvelle fois, venait à ma rescousse, deux metteurs en scène bienveillants et enthousiastes, Hervée de Lafond et Jacques Livchine, créateur de la Ligue d'improvisation, me proposent le rôle d'Esmeralda dans *Quasimodo*, une comédie musicale tirée du grand Victor Hugo, bien sûr. Du 11 novembre au 4 janvier, je vais chanter deux heures par jour, parfois durant trois représentations quotidiennes, dans cette comédie musicale dont Lewis Furey devait composer la musique mais qui s'est désisté.

Willam Sheller, que je propose à la production, s'en chargera au pied levé. Un défi qu'il relève sans problème tant ce garçon est surdoué. J'ai souvent pensé qu'à une autre époque, William aurait figuré parmi nos plus grands compositeurs de musique dite classique. C'est justement toute sa force : avoir accepté la modernité sans rien concéder à son exigence musicale. Je respecte profondément cet homme car il l'est l'un des rares à être authentique sur tous les plans.

Je suis en scène avec vingt-cinq acteurs du théâtre de l'Unité et mon ami William m'offre l'Orchestre Philharmonique de Paris. Le chapiteau de *Quasimodo* de cinq mille places sur la pelouse de Reuilly est plein en matinée comme en soirée. 220 000 spectateurs en un mois et demi. Encore une belle aventure qui prend fin au début de l'année 87. De ce voyage dans « Notre-Dame de Paris » naîtra un nouvel album qui porte d'ailleurs le nom du spectacle, « Quasimodo », le malheureux bossu au grand cœur, où j'interprète neuf poèmes de Victor Hugo que William a mis en musique.

Névralgies cervico-brechtiennes

M'attend alors à Angers le plus grand challenge de ma carrière. La comédie musicale, c'était une chose… Là, c'est l'opéra qui me tend les bras. Un opéra des années 30. Et pas n'importe lequel : *Grandeur et décadence de Mahagony* de Bertolt Brecht où je joue le rôle-titre, Jenny de La Havane, une prostituée qui tombe amoureuse d'un trappeur dans une ville qui ne respire que par le sexe et le vice. Un rôle odieux mais aussi une performance vocale que je suis obligée d'accomplir à cinq reprises. Je travaille comme une folle. La représentation dure plus de trois heures mais je suis victime de mes premières névralgies « cervico-brechtiennes » ! Un mal de chien qui m'oblige à porter une minerve près de huit heures par jour. J'avoue que c'était très difficile pour moi de m'adapter dans ce milieu du lyrique. Je me sentais le vilain petit canard au cœur de toutes ces voix émérites.

Il faut m'imaginer avec ma minerve, ma voix de contre-alto et ma tenue de chanteuse de saloon dans ce grand théâtre d'Angers face à vingt choristes et douze voix lead. Le livret de Kurt Weill est l'un des plus redoutables du répertoire moderne classique. C'est de la musique atonale. Mais, grâce à la patience du metteur en scène Éric Kruger, et de tous mes partenaires, j'ai pu remplir mon contrat. Les critiques sont unanimement favorables. Je suis aux anges même si j'ai pensé à certains moments que j'allais vraiment les retrouver. Juste pour l'anecdote, dix-huit ans après Mai 68, je découvre que le slogan écrit à la craie que je lisais souvent sur les murs du Quartier latin était emprunté à Brecht : « Il est interdit d'interdire », un slogan que j'ai toujours aimé et qui me va bien.

36

Après des épisodes aussi intenses, j'avais un besoin forcené de me ressourcer, de retourner voir ma bonne Mémé qui n'avait pas varié d'un iota dans sa manière d'appréhender tous les éléments que je lui rapportais. Savez-vous que cette femme qui a toujours vécu dans la plus extrême simplicité et les plus grandes privations, ne m'a jamais demandé un centime alors que, des dizaines de fois, je lui avais fait comprendre que ce ne serait jamais un problème. Bien sûr – et je l'ai raconté –, je l'ai gâtée tant que j'ai pu : nos voyages, nos dîners, nos petites folies… Mais je me souviens très bien qu'au début de ma carrière, des larmes de honte m'étaient venues – je dis bien de honte – lorsque j'avais réalisé, en voyant les chiffres de mon comptable pour ma déclaration d'impôts, que j'avais gagné en une année ce que ne gagnerait pas Mémé en toute une vie… Si l'on applique ce sentiment à celui que ressentent certains ouvriers lorsqu'ils découvrent au JT de PPDA que leur

PDG vient de recevoir en stock-options ce qu'eux et leur descendance ne toucheront jamais en additionnant leurs salaires en quarante ans de travail, comment ne pas avoir des envies de révolte ?

Mémé me fit un sale coup en 1988. Usé par quarante ans d'usine, elle fut touchée par une méchante embolie pulmonaire. J'allais la voir les premiers temps une fois par semaine à Thonon en prenant le TGV. Puis il fallut se rendre à l'évidence. Cela devenait impossible pour moi de me déplacer ainsi à cause de mon métier. Aussi ai-je décidé un jour de rapatrier Mémé à la maison et de lui organiser une chambre douillette et médicalisée. Quatre personnes se relayaient chaque matin à son chevet. C'était éprouvant pour elle, pour moi, et plus tard, pour Jean-Christophe qui entra dans ma vie en 1991. Depuis, nous ne nous sommes plus quittés un seul jour.

Jean-Christophe Molinier, dessinateur de jardins à la française, est l'homme de ma vie. Nous sommes ensemble depuis seize ans. Son goût est sûr et je ne prends aucune décision dans le métier sans le consulter. Il est devenu mon producteur depuis dix ans. En créant Norma Production, il a sauvé ma carrière. C'est une chose magnifique pour une artiste d'aimer un être qui l'est tout autant que vous. Aucun problème d'ego, une écoute de tous les instants. Bref, désolé les filles, je vais faire des envieuses mais je crois que j'ai décroché le bon numéro. Pour les conseils, écrivez-moi, je réponds toujours !

Trêve de plaisanterie. En 1991, Mémé a commencé par perdre la tête. Elle était atteinte, dit-on, par un syndrome extrapyramidal. On dînait avec Jean-Christophe dans la cuisine pour être près d'elle. Elle m'appelait alors : « Nicole, regarde si ta mère est encore dans le placard… — Non, Mémé, répondais-je, elle est sortie… » « Nicole, regarde si Pépé est tombé du lit. — Oui, Mémé, mais on l'a aidé à se recoucher. — Très bien… Très bien… » répétait-elle, puis elle se mettait à rire. Mais son visage s'éclairait lorsque je lui annonçais la visite d'Hervé Vilard qui venait souvent la voir. Elle le reconnaissait à chaque fois. Elle l'adorait.

Mémé s'en va

Alors que sa fille et son gendre lui rendent visite depuis la Haute-Savoie, elle choisit leur départ pour partir elle aussi dans un râle dont elle n'est jamais revenue. Jean-Christophe, avec toute la douceur du monde, s'est précipité dans la chambre d'Alexandre qui avait douze ans pour voir s'il ne s'était pas réveillé et a refermé sa porte. Je suis restée près d'elle toute la nuit après le départ du médecin, pieds nus, en tee-shirt. J'ai coupé le chauffage et j'ai ouvert la Bible pour accompagner son âme… J'ai lu jusqu'au petit matin.

C'est le froid qui m'a ramenée à la réalité. J'étais assise, prostrée, et je ne pouvais détacher mes yeux de son visage. Je n'ai pas envie d'aller plus loin. Avec Mémé, je venais de perdre une nouvelle fois ma mère. Avec Mémé, je venais de perdre une seconde Maman. Avec Mémé, je venais de perdre une partie de moi-même. Pendant plusieurs mois, j'ai été incapable de chanter, je n'avais plus d'énergie, je n'avais plus de voix.

À part Jean-Christophe et Alexandre, à qui pourrais-je parler désormais ? Qui, surtout, allait remplacer la lumière qu'elle incarnait dans toutes les nuits que j'avais traversées ? Chaque jour, je pense à elle et à ma mère, leurs âmes sont en moi, elles vivent dans mon esprit et sont souvent mes anges émissaires auprès du bon Dieu.

Ma grand-mère était mon miroir, ma force, la région la plus importante de mon âme. Elle était mon père. Elle était ma mère. Elle était ma meilleure amie. Elle était mon tout.

37

Rappelez-vous : je vous ai raconté comment ce soir de Noël, Mémé m'avait expliqué le bonheur qu'elle avait eu à m'écouter chanter du gospel à la radio. Durant toutes ces années, ces mots sont restés enfouis. En 1995, grâce à un garçon pour qui je garderai toute ma vie une tendresse sans faille, je relance ma carrière chez BMG. Vincent Lindon, paraît-il, a toujours été fan de ma voix. Un jour, il fait écouter à un ami intime une cassette que je lui ai confiée. Cet ami n'est autre que Patrick Bruel. C'est la maquette de « J'attends, j'apprends ». Ils l'écoutent sur l'autoradio de Patrick, lequel, dans un élan de grande générosité, explique à Vincent qu'il va à son tour la faire écouter à Carbonez, l'ex-PDG de BMG. Deux ou trois morceaux plus tard, celui-ci lui annonce qu'il est fan. Il ne m'a pas reconnue. Quelques jours après, grâce à Vincent et Patrick, deux des plus séduisants jeunes hommes d'alors, je rejoins Bruel chez BMG pour un contrat de cinq ans. Merci les garçons, cela aussi, je ne peux l'oublier….

BMG sort l'album, « J'attends, j'apprends », avec douze nouveaux titres. William Sheller, en ami fidèle, y commet quelques arrangements musicaux. Je rentre aussi dans les arcanes du nouveau métier : CD et multinationale. Et, avec l'appui de BMG, on me réentend beaucoup à la radio.

J'entends des voix

Et ensuite l'aventure gospel va démarrer. Un matin, j'entends comme en écho la voix réminiscente de ma grand-mère : « C'est tellement beau quand tu chantes le gospel. » Mais oui, c'est ça, elle a raison, je vais créer un concept. Un spectacle mixte musicalement : chanson française et gospel traditionnel en deux parties. Grâce à la diaspora noire parisienne, je me lance dans l'aventure exaltante de chanter dans les églises accompagnée d'une chorale. Lydie Ducheman, mon assistante, contacte et trouve un producteur. J'appelle une amie choriste, Bessie Gordon, avec laquelle j'avais travaillé et, tout de suite, elle me trouve une chorale : les Gospels Voices. Nous débutons par un enregistrement live à l'église Saint-Roch qui est aussi l'église des artistes. Et sans passage radio, mais soutenu par les radios FM de France Inter, par la presse écrite et la télévision, nous faisons un tabac à travers toute la France et le disque s'envole en quelques semaines à plus de 50 000 exemplaires.

Ai-je besoin de dire à qui je dois cet engouement en dehors des qualités du disque ? À Patrick Sébastien, toujours fidèle, et à Drucker, avec lequel j'ai fait ma première télévision et qui a toujours été mon porte-bonheur comme celui de dizaines d'artistes. Michel est le premier à envoyer une équipe filmer ce spectacle gospel pour son émission qu'il anime sur Antenne 2 à l'époque avec Laurent Gerra au sommet de sa forme. Onze ans plus tard, Jean-Christophe est arrivé un soir tout sourires, champagne et bouquet de roses dans les mains : « Nicole, avec le concert gospel à Reims, tu viens de fêter ton millionième spectateur. » Comment ne pas être émue d'entendre ce chiffre qui n'a rien d'un exploit sportif mais résonne en moi comme la plus belle des récompenses ?

Car beaucoup de ces concerts sont l'occasion d'aider des associations caritatives ou permettent de soigner des personnes atteintes parfois par des maladies orphelines. Je ne m'étendrai pas sur le sujet, car il me semble que la moindre des choses pour un artiste qui a tant reçu de la vie est de ne pas tirer la couverture à lui lorsqu'il vient en aide aux autres.

William mon maître

J'ai continué durant toutes ces années à donner des concerts partout en France et dans quelques endroits de la planète, de l'Afrique à La Réunion et dans ces îles où l'on aime tant cette musique. En 2006, j'ai sorti « Le Rendez-vous », peut-être mon album le plus abouti avec celui que William Sheller a composé entièrement en 1998 et qui porte le joli nom de « Connivences ». Je considère William comme mon maître. Il a toujours eu le regard et l'écoute sur moi depuis plus de trente ans. Il m'a toujours aidée dans les moments où tout le monde me lâchait.

Cette connivence, je l'ai connue avec tous les plus grands chanteurs de ma génération et aussi – vous avez pu le constater – avec nombre d'illustres aînés. Je n'en tire aucune gloire mais comprenez-moi : après quarante ans de carrière, comment ne pas être émerveillée par toutes ces rencontres et aussi par celle d'un petit gars aussi génial que Manu Chao qui représente la musique dans ce qu'elle a de plus moderne. Il accepte de m'offrir une de ses chansons, « Le rendez-vous », titre de mon dernier disque.

Mémé m'a passé le relais. Ce relais, je le tends à mon tour à Alexandre qui, je le sais, en fera bon usage.

Épilogue

Juste quelques mots après ce long voyage que nous avons fait ensemble. J'ai essayé tout au long de ma vie, parfois sans trop reprendre ma respiration, d'affronter les épreuves les plus terribles en me jurant chaque soir avant de m'endormir que je refuserai à mon lever de mettre un genou à terre. Cette obstination, cette ténacité m'ont permis d'endiguer les tempêtes et d'espérer le bonheur qui attendait son heure derrière un arc-en-ciel.

Je crois que c'est Jean-Edern Hallier qui avait titré l'un de ses livres : *Chaque matin qui se lève est une leçon de courage*. Comme ce diable d'écrivain avait raison. Mais j'ai lu aussi voilà quelques années un magnifique livre de poèmes du grand René Char. Dans l'un d'entre eux, il écrit : « La lucidité est la blessure la plus rapprochée du soleil. » J'ai été frondeuse, j'ai été déroutante, j'ai été rebelle, mais j'ai toujours tenté de conserver en moi cette part de lucidité qui m'a permis de très vite comprendre quelles étaient mes qualités et quelles étaient aussi mes faiblesses.

Je chante toujours, je continue la route, je réalise de concert en concert que la providence m'a offert un don rare : une voix. Une voix qui me donne chaque jour, à chaque rendez-vous, dans chaque ville, la possibilité de créer des liens de respect et de fraternité dans les bras d'un ami que j'adore retrouver : le public.

Je ne vous dirai jamais assez merci. Merci de votre fidélité et de m'avoir montré la voie pour demeurer le vecteur d'émotion que vous espérez trouver quand vous venez m'écouter. Merci aussi à toutes mes équipes – et croyez-moi je suis bien entourée –, producteur, techniciens, chanteurs et musiciens qui me donnent toute leur force et leur talent. Nous sommes une vraie famille et je les traite comme la vraie mama que je suis.

J'ai de l'énergie pour dix mille ans encore. Je n'ai aucune aigreur. Je continue à prendre la vie comme elle vient et je m'enthousiasme chaque semaine pour de nouveaux venus. Un jour, pour Christophe Willem qui est à l'aube, à mon sens, d'une immense carrière. Un autre jour, pour Mika, chanteur prodigieux qui se permet, le bougre, de chanter avec une octave de plus que moi !

L'année passée, en écrivant ce livre, pas un jour je n'ai cessé de penser à ma mère et ma grand-mère auxquelles je dédie ces pages. Chacun de nous a en soi une « maison d'en face ». La mienne se trouvait à Vongy. Je n'en ai quasiment jamais franchi la porte. Mais au final, est-ce si important ? La vie m'a appris qu'il faut, dans ce métier comme partout ailleurs, défendre sa vérité, vivre ses rêves et, surtout, savoir un jour dire non. Ce jour-là, on a conquis sa liberté.

Index des noms propres

G

H

N

O

P

Cet ouvrage a été imprimé par

FIRMIN DIDOT

GROUPE CPI

Mesnil-sur-l'Estrée

pour le compte des Éditions Florent Massot
en février 2008

Imprimé en France
Première édition, dépôt légal : janvier 2008
Nouveau tirage, dépôt légal : février 2008
N° d'impression : 89147